CONTENTS

MITSU YUME

イラスト／天路ゆうつづ

監禁溺愛

監禁溺愛

エリート刑事は
愛し方を間違えている

プロローグ

正義ってなんだろう?

もしその正義を行使する者が、自分を守ってくれなかったらどうすればいい?

でも、そいつは自分以外の他人は守るから、信用されていて権力もある。

だから僕の言葉はなにひとつ信用されなくて、助けてと叫んでも誰にも届かない。

届いても握りつぶされる。だって、正義は向こう側にあるから。

ならばいっそ、僕が悪者になるしかない。もうそれしか、助かる方法なんて思いつかなかった。


ふらふらと降りたのは、住んでいる都心から片道一時間弱ぐらいの隣県にある中規模駅。通っている予備校の最寄駅から乗り換えなしでこられるので、以前から嫌なことがあると立ち寄っていた。ここで時間を潰し、適当に食事をして帰る。夜遅くまで街をふらついていると補導されるが、電車に乗っている間は警察に声をかけられない。

だから、なるべく遠く、その日のうちに帰宅できるぎりぎりの場所まで電車に乗る。

スーツ姿の大人たちに押されるようにして、冷房のきいた電車から降りると、むわっとした真夏の夜の湿気が肌を包む。

そのまま人波に流され駅前のベンチに腰掛ける。手に持ったビニール袋がガサリと音をたてた。電車に乗る前、駅ビルで買った新品の包丁が入っている。

袋の隙間から見える包丁の箱をぼんやりと見下ろす。

もう、あそこには帰りたくない。帰れない。

帰ってくることだって、求められてない。

中学模試の結果が入ったリュックサックが、ずしりと重くなった。順位は前回より上がり、一桁目前だ。

予備校の講師は喜んでいた。さすがだと。結果を張り出していいかと、親にも了承をもらってきてほしい。きっとご両親も鼻が高いだろう。そう、なんの悪意もなく誉め言葉を放ち続ける講師に、僕はあふれそうになる黒い感情を押し殺し微笑むしかなかった。

今夜も父は遅いだろう。帰ってこないかもしれない。

あの女と、女の産んだ弟のいる家は、もう安心して眠れる場所ではなくなった。このまま、なにもしなければ殺されるだろう。

誰も助けてくれない。父だって頼れない。頼っても、自意識過剰だとか考えすぎだとか被害妄想だろうと取り合わない。

あの人は、なにか事が起きても隠蔽するだけだ。それが彼の仕事なのだ。

もう、誰かに助けてもらおうなんて考えない。自分を救えるのは結局、自分しかいない。だから父が隠蔽できない事件を起こそう。そうして警察に逮捕されれば、あの家からでていける。安全な食事と睡眠が確保される。

これしかないんだと決意するのは一瞬だった。

ゆらり、とほの暗い眩暈《めまい》を感じながら視線だけを上げる。目の前を通りすぎていく人々が憎らしい。自分とはなにも関係ない、恨みを抱く理由もない相手だと理性ではきちんとわかっている。

わかっていても、彼らが平然とどこかへ帰っていけることが羨ましくて妬ましくて、理不尽に奪ってやりたくて、僕は今、ここにいる。

ああ、嫌だなこういうの。反抗期だとか厨二病《ちゅうにびょう》だとか、そういう言葉で片づけられてしまうのだろう。

自分がこうなるまでに苦しんだ背景も環境も、この理性だけではもう抑えられなくなっていく苦渋もなにもかも。事件を起こしたら、ありきたりで誰もが理解しやすくて安心できる言葉に置き換えられ、世間で消費されていく。そうなることがわかっていても、この衝動を抑止することはできなくなっていた。

ビニール袋の中の包丁に手がのびる。

「……どうかしたんですか？」

唐突にかかった、か細いけれど凛とした声と小さな影。びくっと肩が跳ね、包丁の箱に触れた指先が震えた。

「大丈夫ですか？　なんだか気分が悪そうに見えたから……あの……」

顔を上げる。見知らぬ少女が立っていた。小学校低学年ぐらいだろうか。くりっとした大きな目が、小動物を思わせる。こんな時間に一人で駅前にいるのは不自然な、愛らしい子だった。

一瞬、自分と同じなのかと、妙な期待が胸をかすめる。だが、彼女の手元でかさりと音をたてたスーパーの買い物袋を見つけて落胆する。

隙間からのぞくのは、カレールーの甘口。足元はつっかけサンダルで、切らした材料をお使いで買いにきた雰囲気だ。なんともいえない甘やかなくすぐったさが垣間見えて、胸の奥の弱くなっている部分を鋭く引っかいた。

少女には帰る場所がある。自分とは違う。

「なんでもない……大丈夫だから」

ふいっ、と顔をそらす。長くなりすぎた前髪が、痙攣《けいれん》する目尻をさらりと撫《な》でる。揺れる視界に奥歯を噛《か》む。無性に悲しくなり、理不尽な怒りが腹の底で渦巻いていく。

「すみませんでした。突然、声をかけて……失礼しますね」

しばらくすると沈黙に耐えられなくなったように、少女が踵《きびす》を返す。その去っていく小さな背中を一瞥《いちべつ》する。

そうだ。彼女にしよう……。

最初の獲物は、この少女がちょうどいい。小さくて頼りなくて無防備で、簡単に襲える。口元が、ぐにゃりと歪《ゆが》む。駆け抜けた残忍な甘さに背筋を震わせ、僕は再び包丁に手を伸ばした。

1

いったい、なにが起きたのか。起きているのか……。

天野伊織《あまのいおり》は辺りで巻き起こる音と衝撃に身を固くする。目を閉じても開いても変わらない、ほんの先も見えないような暗闇の中、息をひそめることしかできなかった。

そもそも両手両足を結束バンドで拘束され、硬い床に転がされているので逃げようもない。胸の前で拘束された両手首を抱き込むように体を丸め、死にたくないと願う。けれど、貞操の危機におちいっていたさっきよりはマシかもしれない。

見知らぬ男たちに体をいいように弄ばれ傷付けられるぐらいなら、いっそひと思いに死にたい。そう考え、恐怖に打ち震えていたら、この山奥の廃工場らしき場所に持ち込まれていた照明がすべて落ちた。あとはもう、なにがなにやら……。

男たちの叫び声や重く金属を弾くような音。もしかして銃声だろうか？

本当にどういう状況なのか。知りたくないし、もうこれは夢なのかもしれない。そうだ夢だ。こういうときは夢を見るのがいい。できれば意識を手放してしまいたいが、極度の緊張と恐怖で心臓は忙しなく活動中だ。アドレナリンがどばどばでているのではなかろうか。

伊織は信じてもいない神に祈りながら、とりとめもない思考に意識を飛ばすことにした。

そもそもなぜ誘拐されたのか。それからしてわからない。

今日の夕方、伊織は大学の講義を受けた後、バイト先の病院に向かっていた。少し睡眠不足で頭がぼうっとしていたのは、昨夜、遅くまで決算書類を漁っていたせいだ。

幼い頃に母が亡くなってから、教会が運営する児童養護施設で伊織は世話になっている。そこの倉庫に保存されている、運営費などを記録した書類に用があった。やっと見つけた目的の書類をスマートフォンで端から写真撮影し、持ってきた伊織名義の通帳と見比べていた。作業途中で施設の理事長に見つかって、中断したのが悔しい。

理事長は気さくなオジサンで、彼が養護施設の院長だった頃によく可愛がってもらった。その彼に「こんな時間まで仕事かい？　明日も大学があるんだろう。もう寝なさい」と心配されては、無理に続けるわけにもいかない。

伊織は施設の事務仕事を手伝っているので、それ関係で残業していると思ったらしい。傍に置いてあった伊織の通帳に不思議そうな顔をされたけれど、それ以上なにか追及されたりしなくてよかった。

慌てて作業台の上を片づけて、倉庫をあとにした。それが深夜零時過ぎで、興奮からなかなか寝付けなかった。

そのせいで、駅をでて人通りの少ない道に入ったところで、目の前にワンボックスカーが現れたとき鈍い反応しかできなかった。躍りでてきた男たちに、あっという間に車に押し込められ縛られる。叫び声を上げる余裕もない。

たぶん目撃した人はいないので、通報はされていないだろう。帰りが遅いからと、心配して連絡をしてくる過保護な家族もいない。もう大学生なのでバイトか友達と遊んでいるのかなと思われる。助けは期待できなかった。

男たちは車の後部座席に伊織を転がすと、バッグを漁って大学の学生証と顔写真を確認していた。ついでに例の通帳を見つけて残高に口笛を吹き、財布からその口座のキャッシュカードを抜くと、ナイフをちらつかせて暗証番号を聞いてきた。面倒だし、怪我なんてしたくないので素直に教える。但し、訳あって正確な暗証番号を知らないキャッシュカードなので、適当な数字だ。

それから彼らは、どこかへ電話をした。相手は彼らを雇った人間のようだった。漏れ聞こえる会話から、どうも始めから伊織を狙っていたらしい。

通り魔的な犯行ではなく、計画的な誘拐。それはこの廃工場に連れてこられてから確信に変わった。

伊織を地べたに転がし服を引き裂いた男が「どうせ殺すんだから、楽しんだほうがお互いにいいよな?」と、いやらしく笑ったのだ。凌辱《りょうじょく》することではなく、殺すことが前提だった。

思い出した瞬間、体がガタガタと震えだす。とたんに周囲の物騒な音が近くなり、恐怖心がふくれ上がる。

他のことを考えなくては……チラつく男たちの顔を記憶から押しのけようと、歯を食いしばり考える。

だいたい誘拐も凌辱も、妄想と創作の世界だけで充分だ。伊織はオタクで腐女子だ。TLもBLも百合も男性向けも、なんでも美味しい地雷無しの雑食種である。

物語の中で可愛い推しがエロエロに凌辱されるのは大変美味しいが、自分がリアルで襲われるのはご免こうむりたい。いや、そんな体験は皆無でよろしい。そもそも処女だ。妄想ではとんでもないことになっているが、体はいたって純潔だし、破瓜《はか》の予定もない。恋人いない歴年齢であることを伊織は恥じていなかった。むしろ二次元に身を捧げる所存だ。

それにしても、まだあの男に圧し掛かられた感触が体に残っていて、震えが収まらない。

もしかしてPTSDになってしまうのでは？

なってもおかしくない体験をほんの数時間で受けている。

ああああ、どうしたものか。あんな男たちより、推しの笑顔が常にチラつくPTSDになりたい。

そうだ。オタクなのだから、オタクらしくこの貴重な体験をネタに昇華してショックを和らげるのが最適では？

恐怖によるストレスで、伊織は限界だった。多少、思考回路がおかしくなっても仕方ない。

オタクなので、妄想なら得意だ。まず、あの男たちを怖くないものに転換する。あの男たちは悪者だ。悪い子には躾《しつけ》とお仕置きと調教エッチという展開が伊織の萌《も》えだった。可愛くて純粋な推しをでろでろに可愛がったり、ちょっと無理やりに襲うシチュエーションも萌えるが、悪役を汁だくにして凌辱し雌化させるハードなお話も大好物だ。むしろ滾《たぎ》る。

よし、あの男たちはまとめてレッツ凌辱乱交パーティだ。

よってたかって女性を辱めようとする輩など、肉棒《にくぼう》を切り落とされズブズブに犯されてしまえばいいと常々思っている。遠慮はいらない。凌辱妄想は合法だ。

うん、この妄想はいけそうだ。恐怖が和らいで、なんだか興奮してきた。ぐちゃぐちゃに犯される男たちの妄想に萌える。ＰＴＳＤも吹き飛ぶ勢いだ。

伊織は危機的状況の中、ほんの数分でここまで思考を飛ばした。妄想は偉大だ。

この素晴らしき妄想中に死ねるならまあいいか、などとハアハアしていると、ふっと静寂が訪れた。ひとつの足音がこちらへ走り寄ってくる。なにが起きたのかと身を固くした瞬間、ふわりと体が浮く。驚きにエロエロ妄想がぶつりと断ち切られ、目を見開く。まだ目の前は真っ暗だ。

なにがどうなっているのか。それより、これは人生初めてのお姫様抱っこでは？

伊織を抱いた腕は逞《たくま》しく安定感があり、この状況に不釣り合いなぐらい優しかった。しかもそっと胸に抱き込まれる。まるで万感の思いを嚙みしめるような、なにも見えないのに、触れ合った場所から気持ちが流れ込んでくるようだった。

もしかして知り合いが助けにきてくれたのだろうか。そう考えてしまうほど、柔らかな空気に包まれる。

けれどそれは一瞬のことで、伊織を抱き上げた誰かはすぐに立ち上がり耳元で囁《ささや》いた。

「舌を噛むから、しばらく口を閉じていなさい」

耳朶《みみたぶ》を舐《な》めるような吐息と低音の美声。声どころか息もでない。ぞわり、と背筋が甘く震えて体が硬直する。

声だけ聞いて赤面するなんて、初めてだ。しかも好きな声優の声と似ている。

動揺に呼吸も忘れ、はくはくと口を開閉している間に美声の持ち主が走りだす。建物の外にでると、月明かりで少しだけ辺りが見える。木々に囲まれた山の中。ここへ連れてこられたときにも見た光景で、放置され整備されていない道は、倒木や転がる石があって歩きにくい。

来たとき、伊織は荷物のように引きずられ、あちこちに体を打ち付け痛かった。今は、がくん、がくんと体は揺れるがどこにもぶつからない。

とても丁寧に扱われている。そう実感する繊細さが伝わってきて、優しすぎる腕の中に戸惑う。

器用に障害物をよけて進む腕の主を見上げた。木々の間から降りそそぐ月明かりに、彼の顔がちらちら照らされる。繊細な銀縁のフレーム眼鏡をかけた彼は、一言で言うと綺麗《きれい》な人だった。中性的というわけではなく、鼻梁《びりょう》や頰の輪郭はしっかりとしている。むしろ男性的なのだが、色気のある目元や酷薄そうな薄い唇の造作が美しい。

理知的というより、こういう場面だからか神経質な尖《とが》った雰囲気がある。その中に、伊織を傷付けまいとする意志のようなものを感じて、胸がざわつく。

行く手を邪魔する枝葉に伊織はかすりもしないのに、それらは彼の頰や腕を打ち付け、たまに傷を残していくのだ。

まだ出会って数分。お互いに名前も知らず、言葉も交わしていないというのに、宝物のように扱われているのはなぜなのか。

ぼうっと彼の整った横顔を見ているうちに、舗装されている道路にたどりついた。駐車していた車の助手席にそっと下ろされる。車内灯にぼんやり照らされた彼は、ダークグレーのベストにネクタイ。そこまではちょっとお洒落《しゃれ》な感じの会社員という姿だったが、両肩をぐるりと回るベルト――ショルダーホルスターを装着していた。

刑事ものやヤクザもの、またはハードボイルド系のドラマやマンガで見たことがある。拳銃を脇の下に収めておくホルスターだ。収まっている拳銃は本物なのだろう。廃工場で聞いた音はやはり銃声だったのか。

あきらかに堅気の人ではない。彼は、こちらを検分するように頭からつま先までさっと鋭い視線を走らせる。そして次の瞬間、眉間に深い縦皺《たてじわ》を刻み殺気をみなぎらせた。

背筋がひやりとし、本能的な恐怖で止まっていた震えが再び込み上げる。眼光だけで息の根を止められるかと思った。

一難去ってまた一難。そんなことわざが伊織の脳裏を駆ける。

チンピラまがいの男たちとは違う、本物の威圧感と殺意だ。絶対に何人か殺している。もしかして、この人が殺す係なのでは……？

あの男たちは誘拐する係で、さっきの争いは仲間割れか口封じだったとか。そう考えると辻褄《つじつま》が合う。丁寧に扱われてると感じたのは、ただの勘違いだ。これから車でどこかへ運ばれ秘密裏に処理されるに違いない。

あらゆる最悪な想定で頭がいっぱいになる。伊織は妄想が得意だ。こんなときにまでそれが発揮されなくてもいいと思う。

いっそこの人で凌辱妄想をすれば、恐怖も吹っ飛ぶだろうか。美人さんなので捗りそうだけれど、殺されるならＰＴＳＤの心配もないから無意味か。嫌なことに気付いてしまった。もう、妄想に逃避もできない。体の震えが大きくなる。

彼は凶悪なご面相のまま、後部座席を開いてなにか漁っている。凶器を探しているのかもしれない。

もう、駄目だ。殺される！

助手席に戻ってきた彼がなにかを広げ、目の前が陰る。きっとあれだ。袋をかぶせられて海に沈められるのだ。いや、山中だから生き埋めか。

胸の前で縛られたままの腕を抱え、ぎゅうっと目を閉じる。だが、伊織の肩にかぶせられたのは袋ではなく、ふわりと柔らかい肌ざわりの毛布だった。ウッディ系の落ち着いた香りに包まれる。そういえば、彼からも同じ匂いがした。

「すぐに気付かなくて悪かった。寒かったのだろう？」

真夏でも山中は日が落ちると涼しいが、それで震えていたのではない。

彼の的外れだけれど、意外な優しさに驚いて瞬きする。思ったより近くに顔があり、眼鏡越しの目がすうっと細められる。鋭さが和らぎ、心配そうな、なにかに耐えるような色がにじむ。相変わらず眉間に皺が寄っているので怒っているみたいで怖いのだが、殺気は引っ込んでいた。

彼の節くれだった大きな手が、破れた小花柄のワンピースの裾を隠すように毛布を直す。のぞく膝頭の擦り傷を痛ましそうに見つめ、小さく舌打ちするのが聞こえた。

「……傷ひとつ、つけたくなかった」

押し殺すようにつぶやき、彼はすっと跪《ひざまず》いて足首を拘束する結束バンドを引きちぎった。そんなに簡単に切れることに驚いていると、後部座席から持ってきたらしい救急箱から消毒液や包帯をだし、慣れた手つきで伊織の怪我を手当していく。両手首の結束バンドも外され、擦り切れた赤い痕に包帯が巻かれた。

その間、伊織はのぼせそうな心地だった。

さっきのつぶやきは、なんだったのだろう。大切にされていると勘違いしてしまいそうになる言葉。けれど、そんなふうに想われる意味がわからない。こんな綺麗な人、一度でも会っていたら忘れないというのに、伊織の記憶に彼はいなかった。

ぐるぐると胸中で熱が渦巻く。手当で触れる冷えた指先の優しさや、丁寧な手つき。どれも伊織をざわつかせる。

最後に、ちょっと大げさな感じに巻かれた手首の包帯を、彼が両手で包み込むように撫でる。ほんわり伝わってきた体温が、名残惜しそうに離れていった。

思わず彼の手を視線で追うと、手の甲で軽く頬を撫でられ、輪郭をなぞるように人差し指の背が顎へと下りる。

ざわり、と体の中心が甘く疼《うず》く。なんて触り方をするのだろう。うっかりからんだ視線に、頬が熱くなった。

「申し訳ない。もっと早く助けにくる予定だったが……怖い思いをさせてしまった」

どういうことだろう。詳しく聞きたいが、彼の切なそうな表情に言葉がでない。どくどくと胸が高鳴り、呼吸が苦しいほどだ。

「本当に無事でよかった。とりあえず大きな怪我がないみたいで安心した」

近かった距離がゆっくりと離れ、彼からさっきまでの哀愁が引っ込む。代わりに形のよい唇に、ふっと嫌みなほど様になる酷薄な笑みを刻んだ。

「それで……時間があまりないので単刀直入に問う」

がらりとかわった雰囲気と傲慢さのにじむ口調。伊織は反射的に身構えた。

「君はこのままだと逮捕される。それを防ぐためには私と結婚するしかない。逮捕と結婚、どちらが好みだ？」

頭が真っ白になる。なにひとつ理解できないし、いくらなんでも説明不足だ。だいたい好みでなんて決められない。

さあ、どうすると目を細める彼に身震いする。やっぱりこの人、いい人ではなかった。新たな犯罪の臭いがする。命の危機は去ったが、生かされたままひどい目にあう想像しかできない。

逃げたい。選べるなら、逃走を選択肢に加えてほしい。ゲームなら選択肢が現れるはずなのに、おかしい。こんなに非現実的な展開なのに、ゲームではないなんてどうかしている。現実がバグっている。

もしかして、今時ありがちで流行りも通りすぎて定番化した異世界転生や異世界転移か。ここは乙女ゲーム世界かな？　それなら彼は、納得の美形である。

「あ、あの……一旦、セーブさせてください！　できるならオープニングからやり直したいです！　分岐点どこですか？　このフラグ、へし折りたい！」

できればすべて夢で、乙女ゲームの世界であってほしい。その気持ちをストレートに吐露すれば、乙女ゲームのヒーローも真っ青な美形の表情が苛立たしそうに歪んだ。

「言っている意味がわからん」

「それはお互い様では？」

素で突っ込むと、舌打ちが返ってきた。下品な仕草なのに嫌な感じがしないのは、顔がいいからだろう。

「面倒だな。結婚の一択にしよう」

「それはもはや選択肢でもない気がするのですが？」

「気ではない。その通りだ」

彼は唇を歪めて冷笑する。

「私と結婚しなさい。そしてもう、逃がさない」

凶悪な笑顔とやたらいい声でプロポーズされたあと、カシャンと金属音がして左手首が重くなった。

「え……なにこれ、手錠？」

どこからでてきたのか、刑事もののドラマでしか見たことのない手錠がかけられ、もう片方の輪はシートベルトに繋《つな》がれていた。

おかしい。結婚することになったのに逮捕までされている。いや、まだ結婚に同意はしていないけれど、退路は完全に塞がれていた。

人生初プロポーズを受けたはずなのに殺伐としている。ロマンチックなのは、星が降ってきそうな夜の山中なところぐらいだ。

乙女ゲームにしてもシナリオが雑ではないか？

それともこの美形の素敵スチルが見れるのか？

とりあえずヒロインのメンタルは、プロポーズにうっとりするどころではないだろう。

己の身に起きたことではないと、乙女ゲームに変換して逃避していた伊織だったが、現実は心を整えるためにセーブをさせてはくれなかった。

「説明はあとでしてやるから、今はなにも考えずこれにサインしなさい。間違わないように下書きはしてあるし、書き損じても予備がある」

目の前にだされたのは、クリップボードに挟まれた婚姻届。考えてサインしないといけない書類なのだが、そんな正論が通じる雰囲気ではない。

彼が言うように、伊織の名前や住所など必要事項が薄く鉛筆で書かれていた。

用意周到ですか。そうですか。そんなイヤミを言ってみたくなるが、その勇気はない。

強引に握らされたボールペンに、手がガクガクと震える。言いようのない恐怖というか困惑というか、あまりになにもかも現実離れしていて、表現のしようのない感情が襲ってくる。語彙力だって死滅する状況だろう。

「文字が、うまく書けそうにありません」

最後の抵抗とばかりに、地味に抗議してみる。実際、ペン先は揺れていた。

「ふむ……いろいろあったからな。ショックで体が言うことをきかないのか」

いろいろの半分ぐらいはあなたのせいですと言い返したい。そして結婚も逮捕も中止していただきたい。

「なら、他に驚くことが上塗りされれば落ち着くのでは？」

そんな、しゃっくりの治し方みたいに気軽にいくわけがない。今日は、誘拐から輪姦《りんかん》未遂、救助されてから逮捕と結婚の二択を迫られた挙句に、プロポーズされて手錠で繋がれたのだ。情報量が多すぎて、これ以上に驚くことなど考えられない。残るは殺人未遂をされるぐらいか。どうしよう、それしか思いつかない。

恐ろしい想像に青ざめると、彼がにんまりと意地悪く微笑み、伊織の肩をつかんで引き寄せた。大きな手が首筋を撫で上げ、親指が頤《おとがい》を押し上げる。

これは、絞殺だ。間違いない。殺すつもりはなさそうだから、窒息プレイだ。このド変態め。エロ同人誌で億万回読んだことがある。嘘《うそ》です。せいぜい数十回かな。

無駄に回る脳みそが、恐怖を和らげようとアホみたいなことばかり考える。泣きそうになりながら、「うひぃいぃぃいっ」と情けない悲鳴を上げると、眼前に迫った悪魔のような美形が眉間に皺を寄せて文句を言った。

「雰囲気がない」

どのような雰囲気をご所望なのか。うっとりしろとでも言うのか。やっぱりド変態だな、この鬼畜眼鏡。内心、罵倒しながら次にくるだろう苦しみにかまえて目をぎゅっとつぶった。

「……ん、ふぅっ？」

やってきたのは絞め上げられる衝撃ではなく、ふにっ、という感触。唇に感じる柔らかさに息が止まる。それは一度離れるとまた触れてきて、何度か角度を変えながら伊織の唇をついばむ。たまに頬骨に触れる冷たく硬いものは眼鏡の縁だろう。

あ、これあれだ。差分でキスシーンスチルが増えるやつ。

それしか頭に思い浮かばなかった。呆然《ぼうぜん》としたまま、優しく触れるだけの口づけを受け続ける。そのうち、ぺろりと舐められ、緩んだ唇の隙間に舌が差し入れられた。

「くぅ……んっ……ッ」

鼻から抜けるような甘い声がもれた。侵入してきた舌を追いだせない。痺《しび》れたように体は動かず、されるがままに口腔《こうくう》を貪られる。

くちゅくちゅという濡《ぬ》れた音に興奮して、息が上がっていく。二人の間で混じる息をのみ込むように、彼の喉がごくりと鳴る。口づけは濃厚になっていき、頭がくらくらした。

繰り返しからめられ吸われた舌と唇が、じんじんと痺れて動かせなくなった頃、ようやくキスから解放された。

「どうやら、これでサインができそうだな」

いつの間に握られていたのか。右手がボールペンごと彼の大きな両手に包まれていた。

「指先が冷えていたのも悪かったのだろうな。気付かなくて悪かった」

彼のせいではないのに、なぜか悔しそうに謝られる。たしかに冷えていた指が、彼の体温に包まれてじんわりと温かい。首を絞められると思っていただけに、予想外の展開に驚いて震えも止まっている。

けれど代わりに頬が熱くて、のぼせたみたいに頭がぼんやりする。

「あ、あう……っ、ひどい。初めてだったのに……」

思わず恨み言をこぼすと、鼻先が触れるぐらいの距離にいた彼の表情が固まる。次の瞬間、意地悪な冷笑が剝がれ落ち、くしゃりと目尻に皺を寄せて笑み崩れた。

「そうか、それは得をした」

至近距離で見せられた彼の素の笑みに、体温がまた上がる。

得をしたって……自分の初めてに価値があるみたいに言われて、胸をかき乱される。勝手に奪っていった名前も知らない相手なのに、怒るどころか恋に落ちてしまそうだ。彼の飾らない笑みが可愛いのが悪い。

きっと鬼畜なのに顔がいいせいだ。声が好みなのもよくない。こういったことに耐性のない伊織はチョロかった。

やっぱり、現実の自分はトラックに跳ねられ乙女ゲーム世界に転生してしまったのだろう。でなければ、こんな展開もこんな気持ちもあり得ない。ゲームの強制力が働いているのだ。間違いない。

「落ち着いたようだな。さあ、下書きの通りになぞりなさい」

まったくなにも落ち着いていないが、酩酊《めいてい》したような状態だった伊織は言われるままに婚姻届に書きこんでいく。そのとき、隣に書かれた名前をそっと確認した。

長谷《はせ》崇継《たかつぐ》。これが彼の名前らしい。記憶にない名だ。歳は二十八歳。

書き終わると、奪うように婚姻届を取り上げられ、シートベルトをしめられる。手錠はまだかかったままだが、シートベルトに通されているだけなので割と自由はある。

「悪いが、役所に着くまで手錠は外せない。走行中に逃げようと暴れられたりしたら面倒だからな」

　そう言って運転席に座った彼――崇継が、渋い表情でこぼす。できれば拘束などしたくないと言いたげな、不思議な表情だ。だったら手錠を外せばいいのに。今の伊織にはもう逃げる気力なんてない。それより次の目的地の意味がわからなくて、首を傾げる。

「役所……ですか？」

「ああ、婚姻届を提出しないと結婚できないだろう。夜間でも提出できるから、これからすぐに向かう」

　そんなことも知らないのかと言いたげな、馬鹿にしたような視線を投げられる。先刻の可愛らしかった笑みはどこにいったのかと問いたい。

　キスの余韻がやっと引いてきた伊織は、早くも婚姻届にサインしたことを後悔し始めていた。いったいこれから、どんな犯罪に巻き込まれていくのだろう。乙女ゲーム世界に転生したのなら、チート能力の一つでも発現してほしい。

　それにしても疲れた。身も心も限界だ。走りだした車の振動に、意識がうつらうつらしていく。体からずり落ちそうになっていた毛布を、崇継の手が直してくれる。冷えていた膝が温かくなり、一気に睡魔が襲ってくる。

「疲れたんだな。着くまで眠るといい……もう大丈夫だから、安心しなさい」

　まったくなにも安心要素なんてないですけどと言い返したいが、もう声にならない。大きな手にそっと頭を撫でられると瞼《まぶた》が落ちた。かすかに聞こえる環境音楽は、伊織がリラックスできるように流してくれているのだろうか。

どういうつもりの優しさなのか。彼が、自分にとって敵なのか味方なのかわからない。

わからないけれど、これだけの目にあったのだから、起きたら凌辱妄想の餌食にして溜《りゅう》飲《いん》を下げてやると心に誓いながら、伊織はこと切れるように眠りに落ちた。

2

車のドアが開く音に、ゆっくりと意識が浮上する。辺りはまだ暗く、乗り込んできた崇継のさげていたビニール袋がガサガサと音をたてるのが響いた。

ハンドルに腕を置いた彼がこちらをのぞき込む。外にでるのにジャケットを羽織ったのだろう。銃は見えないが、ショルダーホルスターのベルトだけがちらりとを見えた。

「起きたのか？」

ぱちぱちと瞬きする。遠くにコンビニの看板が見えた。ここは駐車場らしい。

「なにか飲んだほうがいい。食べられるなら、これも……他のものがいいなら買ってくるが？」

手渡されたのは伊織がよく買う銘柄のお茶で、コンビニの袋に入っていたのはやっぱり好きなおにぎり二個だった。匂いにつられて視線を上げると、ドリンクホルダーには好物のアサリ味噌《みそ》汁のカップが置かれていた。

なんだろう。この、好みを知られているような気味悪さは……。

あの男たちの仲間かは知らないけれど、婚姻届の下書きなどから、崇継は伊織のことをある程度調べ上げているのは確実だ。だからといって、食の好みまで把握していて、この状況で好物を買ってきてくれることに薄ら寒いものを感じる。

乙女ゲームのヒロインなら、ここでドキッとして恋のフラグでも立つのだろうか？　いや、シナリオの心情描写が雑すぎる。ドキッとするにしても、緊張感からだ。

顔がいいからですべての違和感を許せるほど、伊織は恋愛脳ではない。そもそも恋愛をしたことがなかった。

短時間だが、深い眠りをとれて頭もすっきりし、冷静さを取り戻していた。

「どうした？　食べないのか？　やっぱり食欲がでないか？」

ペットボトルを持ったまま沈黙していると、顔をのぞき込まれた。なぜ、心配そうな顔つきなのか。崇継の目的と考えがさっぱりわからない。

「いえ……手錠を外してほしいです」

この状態では食事がしにくいと、シートベルトに繋がれたままの左手を揺する。

ちなみに、食べないという選択肢はない。夕方からなにも食べずにひどい目にあい、今は深夜だ。お腹も空いている。

コンビニ購入の飲み物や食べ物に薬物を混入された形跡はない。怪しいのは味噌汁ぐらいだが、生かして結婚しようという魂胆らしいので、そういう心配はしないでいいだろう。

そんな杞憂《きゆう》より、食べられるときにしっかり食べて戦いに備えるべきだ。これからなにがあるかわからないし、凌辱妄想するにもまずはカロリーが必要だ。

「そうか、それは悪かったな」

ペットボトルをひょいっと取り上げられる。やっと解放してもらえるのかと思ったら、崇継はペットボトルの蓋を外してから返してきた。

「これで飲めるな。おにぎりはどちらを先に食べたい？　ああ、こちらが先だったな」

手錠は絶対に外さないという強い意志が伝わってきた。そして伊織がなにか言う前に、当たり前のように鮭《さけ》おにぎりを取り出し包装をときだす。なぜ食べる順番まで知っているのか。

恋ではなく、ドン引きのフラグが立つ。

崇継がフィルムを剥いだおにぎりを差しだしてくるが、右手がふさがっている。ドリンクホルダーも味噌汁のカップがあり、どこに置こうか迷っていると、唇におにぎりが当たった。

「ほら、あーん」

コンビニおにぎりが似合わない美形の、常軌を逸した台詞に固まる。なんだこの展開。乙女ゲーム的にはありなのか？　スチル追加か？

突然発生した「あーん」イベントに目を白黒させていると、にいっとメガネの奥の目が細くなった。

「もしかして、口移しで食べるのが希望か？」

笑顔に凄みが増す。圧が強い。

伊織は反射的に口を開いておにぎりを食べた。これはあれだ。精神的負荷をかけようという戦略に違いない。言うことをきかないなら辱めるぞと暗に脅されているのだ。

恐ろしい、なんて恐ろしいんだ鬼畜眼鏡。と、震えていたのは二口目までで、空腹すぎてすぐにそんな恐怖心も消し飛んだ。

伊織はストレスに弱い。弱いので、恐怖や緊張を速やかに放り投げ忘れてしまうのが得策だ。もしくは妄想に逃避する。幼馴染《おさななじみ》には「だから考えなしに見えるのか」と呆《あき》れられた。

二個目の梅おにぎりもたいらげ、アサリの味噌汁にいたっては貝の身も食べたいと図太くお願いすると、割り箸で器用にほぐされた身を崇継の手ずから食べさせてもらった。なんというか、脅す目的にしても面倒見のいい人だ。

今は、唇についていたという海苔《のり》をお手拭きで拭ってくれている。ついでに、廃工場で頬についた汚れも綺麗にしてくれるのだから、脅すために必死だなと彼に憐《あわ》みの視線を向ける。おにぎりを食べさせてもらう間に、「あーん」イベントごときでは狼狽《うろた》えない精神を手に入れたので、もう彼の脅しには屈しない。

「その目はなんだ？」

「私、負けませんから！」

「なんの勝負だ？　身に覚えがない」

「えっと、ですから……あーんイベントの……なんでしたっけ？」

崇継の不審げな視線に首を傾げる。よく考えたら、脅すために世話を焼くというのはなにかおかしい。どうしてそんな論理展開したのだと自分に問うがわからない。

「私……疲れてるみたいです」

「だろうな」

崇継は呆れたように大きな溜《た》め息をつき、運転席から降りて助手席に回ってきた。

「そのままでは役所にいけないので、着替えなさい」

やっと手錠を外され、後部座席にあった紙袋を渡された。崇継はこちらに背を向け、誰かこないか見張っているという。

ここはコンビニや防犯カメラから死角になる位置らしい。街灯もないので、車内灯を消してしまえば遠くからはなにをしていてもわからない。

紙袋の中には、シャツとデニムのズボン。それからサンダルが入っていた。伊織の着ていたワンピースはずたぼろで汚れていたので、ほっとした。

手早く着替える。ズボンは女物で、サイズはぴったりだった。だがシャツは、明らかに男物でだぼだぼだ。ほんのり鼻をかすめるのは、毛布と同じ深い森のような匂い。

たぶん崇継のシャツだ。香水というには自然な香りなので、彼の体臭だろうか。

いい匂いだとうっとりしている場合ではない。シャツの袖を少し折り、指先がでるようにする。なんだろう、この彼シャツ感は。ぐぐっと眉間に皺が寄る。ズボンのサイズが合っているだけに、生温かい気持ちになってくる。

絶対にわざとだ。なにがしたいのかわからないが、この鬼畜眼鏡は変態も兼用している。

「着替え終わったか？」

サンダルをはいたところで声がかかる。このサンダルも男物で、近所にはいていくような生活感があるつっかけだ。伊織のサンダルは踵《かかと》が折れて泥だらけなので正直助かるが、ぶかぶかなので歩きにくい。

着替えたと返事をすると、振り返った崇継が自然な動作で、すっと手を差しだしてきた。

「では、行こうか」

顔の繊細さとは対照的な、ごつごつとした大きな掌をじっと見つめて首を傾げる。どこへ行くのか、それとこの手はなんなのか。しばらくそうしていると、面倒臭そうな舌打ちが降ってきた。

「言っとくが、結婚は回避できない。今の君にとって、この選択以外に助かる方法がないからだ」

いや、だから説明不足すぎるし、聞きたいのはその話ではない。意志の疎通ができないというか、今は詳細を語る気がないのだろう。無言でいると、手を摑《つか》まれ車から降ろされた。もしかして、手はエスコートのつもりだったのか。

崇継は、鋭い視線で伊織を頭のてっぺんから足先まで確認し、少しだけ眉をしかめる。ジャケットの内ポケットからコームを取りだし、伊織の乱れた長い黒髪をさっと整え、満足したようにひとつ頷《うなず》く。それから車をロックし、手を繋ぎ直して歩きだした。

「えっと……どこへ？」

見上げた彼が、無表情で顎をしゃくる。その先には役所らしき建物があった。

「ああ、婚姻届……」

「必要な書類はこちらですべて用意してあるから、君は余計なことはしゃべらず笑っていろ。いいな」

不本意なことを要求するくせに、命令口調で態度がでかい。伊織が役所で、「助けて！この人、犯罪者です！」と騒いだらどうするつもりだろう。

ちらり、と見上げると目が合った。崇継はこちらの考えていることをまるで読んだように、くっと酷薄な笑みを浮かべ、ポケットから手帳を取りだし開いた。

彼の顔写真と名前、それから役職のところに警視と書かれている。それは、ドラマで何度も見たことのある警察手帳だった。

「君がなにか仕出かしても無駄だ。社会的信用は私のほうが遙《はる》かに高い。どうとでも場を治められるので、無駄な抵抗はしないように」

確認のしようがないけれど、たぶん本物なのだろう。彼の細められた瞳がぎらりと鋭くなる。血の気が引くような感覚がして、逃げる気力も抵抗も一瞬でしぼむ。

この人が本気をだしたら、伊織の人生など簡単に潰せるのだろう。ただの警察というだけでなく、それなりに権力を持っている人に違いない。まだ若そうなのに警視ということは、キャリア組だ。父親も同じキャリアか、各所に強力なコネがあるか、伊織にはわからないバックグラウンドがあるのかもしれない。

崇継が握る手に力が入る。ああ、これはエスコートではなく手錠の代わりだ。逃がさないように繋がれている。

けれど、よろよろと歩く伊織に、崇継は苛つきもせずにずっと歩調を合わせてくれていた。転びそうになれば、反対の手で支えてくれる。

高圧的なようでいて、優しい。このアンバランスさに戸惑っているうちに、役所の夜間窓口に到着した。

「遅くにすみません。婚姻届の受け取りをお願いします」

崇継がにこやかに書類を提出する。気さくな感じの職員はかまわないと返し、内容を確認しながら世間話を振ってきた。

「仕事帰りですか？　今日提出なのは記念日とか？」

わざわざ深夜に提出にやってくるカップルは、その日になにか思い入れがある場合が多いそうだ。

「ええ、出会った日で。仕事で遅くなったのですが、ぎりぎり今日中に提出できてよかったです」

「それはそれは、間に合ってよかったですね。新居はご近所ですか？」

崇継の流れるような嘘に感心していると、職員がこちらに視線をやる。伊織は、いかにも近所からでてきたという感じの出で立ちだ。

「引っ越してきたばかりで、これから住所変更の予定なんですよ」

まるで強調するように、少しだけ崇継の語気が強くなる。

もしかして、この設定を自然にするために彼シャツを着せたのだろうか。なにを企んでいるのか知らないが、ただの変態眼鏡ではないようだ。

婚姻届の提出は特に疑われることなく終了し、車に戻った。また手錠をかけられてしまったが、次に向かったのは区役所近くのタワーマンションだった。地下駐車場で手錠を外され、当然のように手を繋がれエレベーターに乗った。

「ここは……？」

エレベーターが止まったのは二十三階。内廊下の突き当りにある重そうなドアを開けて、崇継が言った。

「借りている部屋だ。君にはしばらく、ここで生活してもらう」

「えっと……長谷さんのお住まいですか？」

「いや、今回のために借りたんだ。必要なものはこれから揃《そろ》えるので、ほしいものがあったら言ってくれ」

手を引かれて玄関を上がる。まだ新しい匂いがする。リビングは広くてがらんとしていて、ダンボールが数個だけ放置されていた。バルコニーに続く窓から見える夜景は綺麗だった。

いったい家賃はいくらするのだろう。警察というのは、そんなに給料がよいのだろうか。もしくは仕事の経費がでているなら税金なのか、と下世話なことを考えていると、寝室に放り込まれた。

主寝室らしい広めの部屋には、大きなダブルベッドが整えてあった。少し生活感があることから、彼がしばらくここで寝起きしていたことが想像できた。

「その奥のドアはトイレとバスルームだ。そこに必要そうなものは揃っている。今日はもう疲れただろう。話は明日にするから、シャワーを浴びて寝なさい。私はリビングを使う」

崇継の顔にも疲労の色がある。お互いに汗で肌もべたついている。伊織は素直に頷いて、バスルームのドアを押した。

大きな洗面台とトイレ。ガラス張りのシャワーブースの奥に浴槽があった。必要なタオル類も揃っていて、設備もそうだが寝室に併設されているなんてホテルや海外の間取りのようだ。高級賃貸マンションというのは、これが普通なのだろうか。

洗面台には、未開封のメイク落としや基礎化粧品が揃っている。連れてくることを想定したみたいに、どれも伊織が普段使いしているものだった。

「ストーカー眼鏡だ……怖い」

怖いが、ここまでくると感心してしまう。国家権力を使って、通販の購入履歴を調べられていそうだ。

深く考えるのはよそう。これからここで生活していくのに、無駄にストレスを溜め込みたくない。面倒なことは忘れるに限るし、要は気にしなければどうということもない。便利だなぁ、と思うことにする。

伊織はぽいぽいと服を脱ぐのと一緒に、思考を放棄した。シャワーブースにあるシャンプーも石鹸《せっけん》も愛用のものだったが、ありがたいなぁと思うことにしてバスルームからでた。さすがに替えの下着や服まではなかったので、崇継のシャツだけ着た。小柄な伊織の膝ぐらいまで裾がある。シャツワンピみたいなものだし、寝るだけならこれでいい。下着は手洗いして、バスルームに干した。

「はぁ〜、喉渇いたなぁ」

体がさっぱりしてご機嫌になった伊織は、自分の立場も状況も忘れて、鼻歌を歌いながら部屋を見回す。ベッドの近くにミニ冷蔵庫があった。

「ほんとにホテルみたい〜」

冷蔵庫を開けると、ミネラルウォーターのペットボトルが二本と缶ビールが一本入っていた。

「たぶん勝手に飲んでも怒られないよね。そういうケチケチした感じの人じゃなさそうだし」

伊織は缶ビールを手にとり、ぐぐっとあおった。

早生まれなので、二十歳になったのは今年の初め。それから酒を飲んだのは、片手で数えられるぐらいしかない。飲むとすぐに体がふわふわして酩酊感が襲ってくる。だがそれだけで顔色も口調も変わらず、それ以上酔うことがないので、酒に強いらしい。

実際、大学でそんなに仲の良くない男女に無理やり連れて行かれた飲み会で、最後まで酔わなかった。飲み比べをした挙句に酔い潰れた参加者たちの介抱をしていると、血相を変えて迎えにきた幼馴染に「ザルでなく枠か？」と言われたほどだ。そのあと、お酒以外のものを飲まされる危険もあるのだから、ほいほいついていくな、きちんと断れと説教された。

なので飲んだからといって記憶を飛ばすことも、意識を失くすこともないし、お酒を美味しいと思ったこともない。けれど、体がふわふわする感じは気持ちがいいので好きだ。その感覚のままベッドに入ると、幸せな気持ちで眠れる。

今日は散々な一日で、最後に望まぬ婚姻を強要されて終了した。正直、眠れる気がしない。疲れているが、そのせいで気が昂《たかぶ》って覚醒している。さっき車で失神するように眠ったせいもある。こういうときこそアルコールの力を借りるべきだろう。

喉が渇いていたせいもあって、缶ビールはすぐに空になった。いつもなら、ふわふわしてくる頃だった。

「んー……変化なしか。体が緊張してるのかな？」

これは駄目だ。ぜんぜん足りない。そういえばリビングを通ったとき、キッチンに大きな冷蔵庫があった。伊織はビールの空き缶を手に、すぐさまドアに向かう。

「あれ？　鍵がかかってる？」

ノブを押すが動かない。わずかにガタガタいうが、ドアの向こうでなにかが当たって動かないみたいだ。そもそも鍵穴がなかった。

「え、嘘……監禁されてる？」

さぁっ、と青ざめドンドンとドアを叩《たた》いた。空き缶がぶつかって大きな音が響く。

誘拐されてからこっち、シナリオを書いた人間がいるなら文句を言いたいぐらいの超展開なので、監禁されるのも想定内だ。手錠をかけられていないだけマシだし、トイレと飲み物の心配がないのもいい。

バスルームとトイレが併設された部屋に入れられたわけを理解する。監禁に適した間取りなのだ。

だからといって、安心できない。うっかり寝ている間に置いていかれ、このまま数日放置されたらとか、急に具合が悪くなって倒れても見つけてもらえなかったらとか、想像して怖くなる。

「結婚の強要に続いて監禁とは、どういうことですかっ！　メリバは二次元なら萌えますが、リアルではご免です！」

崇継がもうこのマンションにいなかったらどうしよう。ドアの向こう、リビングに人がいる気配もなくて血の気が引いていく。呑気《のんき》にシャワーを浴びてビール飲んでいたのを後悔する。

「だしてください！　このクソ監禁眼鏡めっ！」

半泣きで罵倒したすぐあと、どたどたと荒々しい足音がした。

よかった。いたのか、と胸を撫で下ろす。近付いてきた足音が止まり、なにかを引きずるような物音がしてから乱暴にドアが開いた。

「騒がしい。誰がクソ監禁眼鏡だ」

不機嫌を隠さずに顔をのぞかせた崇継ににらまれ、ひいっと小さく悲鳴がもれる。

彼もシャワーを浴びていたのか、髪が濡れていて首にタオルがかかっている。

急いでできたらしく、眼鏡もなく、はおったシャツのボタンは二つしかとまっていない。隙間からちらりとのぞく体は引き締まっていて、肌をつたう水滴に目のやり場に困った。眼鏡なしの素顔も美しく、その鋭い視線に恐怖以外でも胸が高鳴った。

これだから美形は……視覚の暴力で攻めてきて、思考も怒りも奪っていく。生まれながらの顔面卑怯《ひきょう》だ。

うつむくと、ドアノブと同じぐらいの高さのチェストが視界に入る。それがレバータイプのノブの下に置かれ、動きを封じられていたらしい。

この程度の細工でドアが開かなくなるなんて……この人、監禁するのも手馴れているのでは？

嫌な想像に伊織は眉をしかめるが、すぐに考えるのをやめる。知らないままのほうが幸せだろう。

「私がシャワーを浴びている間に逃げられると面倒だから、少し細工をしただけだ。まったく、落ち着きのない……」

まるでこちらが悪いとでも言うように溜め息をつかれる。理不尽だ。

「で、なんで騒いでいたんだ？」

「ああ、そうです！　お酒が足りないのでもっとください！」

伊織の握っている空き缶を見た崇継が、眉間の皺を深くする。

「なんだ、酔って騒いでいたのか？」

「違います！　いろいろあって体が緊張してて眠れないんです。お酒は強いほうなので、あれだけでは足りないので追加を要求します」

「たしかに酔ってる顔色ではないが……」

疑わしげに目を細めた崇継は、腕を組んで面倒臭そうに息を吐く。

「そうだな。君には急なことで負担をかけてしまったし、まだ元気そうなら少し話をしよう。追加の酒を持ってくるから、寝室で大人しく待ってなさい」

「はい、ありがとうございます」

当たり前のように監禁するような人間性だが、話のわかる相手でよかった。笑顔で崇継の背中を見送る。

寝室にはベッドだけで座るところがない。リビングのほうにも椅子などなかった。

ベッドに並んで座り、酒を飲みながら話すのかと想像したら、少しだけ恥ずかしい気分になった。

「いやいや……出会ったばかりだし、なにかなるわけないし。いや、待って。既に結婚したあとじゃん……なら、問題ないのか？」

婚姻した男女がベッドで並んで座るのは自然なことなのでは、と急に冷静になった。

「ふぅー……っ、危ない危ない。恋愛経験が皆無なせいで、変に意識して照れるところだった。恥ずかしい」

「さっきからなにをブツブツ言ってるんだ？　大丈夫か？」

「ひぃいいぃっ！　なんでもないです。自分の立場の確認をしていただけですよ」

いつの間に戻ってきたのか、振り返ると胡乱《うろん》な目をした崇継が、グラスと皿の載ったトレイとブランデーの瓶を持って立っていた。今度はちゃんと眼鏡をかけ、ワイシャツのボタンも上まできっちりとまっていて、風呂上りには見えない。整えられた身なりの中、髪が軽く湿っているのが妙に色っぽかった。

「ビールは切らしていたが、これでもいいだろ」

崇継はトレイをサイドテーブルに置く。皿にはナッツと個包装されたチョコレートがある。パッケージからデパ地下で売ってるお高いチョコレートだとすぐにわかった。好きだけれど、高くてなかなか買えないブランドチョコレートだ。

「長谷さんはいい人ですね！」

好物を目の前に、最早、国家権力乱用ストーカーと罵る気持ちも霧散する。目を輝かせて彼を見上げる。

「君は……そんなにチョロくていいのか？　まあ、いい。それより長谷ではなく、名前で呼びなさい。夫婦になったのだから、不自然だ」

「ああ、はい。えっと……崇継さん？」

「よろしい」

少しつっかえながら名前を呼ぶと、崇継がふっと鼻で笑う。上から目線で人を小馬鹿にしたような仕草だが、よく見ると目元が柔らかく緩んでいて、喜んでいるように見えた。けれどすぐにそれはかき消えたので、錯覚かもしれない。代わりに、こちらを見下ろして表情を険しくした。

「そのかっこうはなんだ？」

「なにって……他に着るものもないし……」

「なぜズボンもはかず、下着もつけてない？」

「寝るときに苦しいの嫌ですし、疲れたので寛ぎたいです。下着は洗って干してます」

「そうではなく……」

崇継が苦々しげに口ごもり、伊織から視線を外す。

「そんな無防備な姿で男を寝室に招くな。浴室で着替えてきなさい」

言われてみればそうだった。ベッドに並んで座るより問題かもしれないと、自身のかっこうを見下ろしたが、まるで保護者のような言い草がなんとなく面白くない。

「えー……面倒です。そもそも夫婦になってしまったのだから、どうでもよくないですか？」

疲れているのと、伊織の中では書類上とはいえ夫婦なのだからと割り切っていた。おそらく、これから共同生活となるのだろう。あまりよそよそしい付き合いをしていたら、早晩、疲れてしまう。プライベートな空間ではだらけていたいのだ。

「そもそも、私とどうこうなりたいですか？　お相手ならいくらでもいそうですよね」

今まで異性にモテた記憶はない。話しだすとドン引きされるようなオタクなので、好意を寄せてきた相手も逃げだすのだ。そんな残念な自分相手に、この美形様が変な気を起こすとは思えなかった。

ストレスになりそうなことをぽんぽん忘れる伊織は、キスされたことなど忘却の彼方だ。一回寝ると興味のあること以外はリセットされてしまう便利な頭である。

「……そういう問題ではない。目のやり場に困るだろうが。君に羞恥心はないのか？」

崇継は忌々しそうにつぶやくと、伊織に布団をかぶせ肩から足元までぐるぐると包み、両手が端からちょこっとだせるだけの状態にされる。

「えっ、ちょっと！　こんなにされたら暑いです！」

夏掛けとはいえ風呂上りの体に巻きつけられ、汗がじわっとにじむ。布団をはがそうと暴れると、肩を押さえつけられ目の前が陰った。笑顔だが、底冷えのするような冷たい目で睥睨《へいげい》され、ひっと喉の奥が情けなく震えた。

「嫌がるなら、縛り上げて転がすぞ」

地を這《は》うような低い声に体が硬直する。本気だ。やはり鬼畜眼鏡に違いない。蒸れる布団に埋もれて涙目になる。

大人しくなった伊織に微笑み、崇継はエアコンの設定温度を一気に下げてくれた。よくわからないが、こういうところは変に優しい。強く吹き付けてくるエアコンの冷気に、寒さとは違う意味で震えていると、ブランデーがつがれたグラスを差しだされた。

一口飲んで息をつく。崇継が包装をといたチョコレートを唇に押しつけてきたので反射的に口に入れると、濃厚なカカオの香りが広がりブランデーと混じってとろけていく。ほろ苦いアルコールとチョコレートの甘さにうっとりして、現金な伊織はすぐにさっきまでの恐怖や緊張感を放棄した。

それにしても崇継は、大人しく言うことをきいているかぎりは甲斐甲斐《かいがい》しい。反抗すると鬼畜になるみたいなので気をつけようと、心に刻む。

「それで、君をここに連れてきたわけについてだが……」

崇継が気持ちを入れ替えるように嘆息し、伊織が誘拐された理由について話しだす。

病院で寝たきりの老人相手に、伊織は本を朗読するバイトをしている。相手は花屋敷以蔵《はなやしきいぞう》という男性で、雇い主はその息子の恵蔵《けいぞう》だ。伊織は以前から同病院の小児科棟で、入院している子供たちに絵本や紙芝居を読み聞かせるボランティアをしていて、それを見かけた恵蔵に、このバイトをしてくれないかと声をかけられたのが始まりだ。

バイトは週三日。ボランティアや大学のあとに以蔵の病室に寄って、二時間ほど朗読をしたり話し相手をしたりする。そして月に二回ほど、恵蔵と会ってどんな話をしたか報告するついでに、一緒に食事やお茶をしていた。

恵蔵は忙しい人で、仕事の合間にとれる食事時間を使っての報告会になるので、いつも呼びだされる場所が違った。ホテルのラウンジだったり、伊織には敷居の高いお店の個室だったり。送迎は必ず運転手つきの車で、きっと恵蔵はお金持ちなのだろうと思っていた。以蔵が入院している個室も、病院の中で一番高い部屋だ。

その見立ては間違っておらず、花屋敷家は銀行や鉄道や病院など、戦前の財閥の流れをくむ企業グループを運営していると、崇継が説明する。以蔵はその花屋敷家のトップで、そろそろ死期が近いと親族内で相続問題が勃発しているらしい。

以蔵の長男である恵蔵がほとんどを相続する予定ではあるが、花屋敷家が運営するグループ企業には多くの親族が経営などに携わっている。その親族たちから不満の声や反発がでているそうだ。

そんな中、恵蔵が失踪したという。おそらく遺産相続をめぐるトラブルに巻き込まれたのだろうと崇継は言う。

「恵蔵さんは、まだ見つかっていないのですか？」

「ああ……無事に見つかるかどうか……」

暗く沈んだ声に視線を上げる。眼鏡に隠されて見えなかった隈《くま》に気づく。

もしかして、無理を押して助けにきてくれたのだろうか。気難しそうで言葉がきつく威圧的ではあるが、少しは信用していい人物だろう。

こくり、とブランデーの最後の一口を飲み干す。やっと体がふわふわとしてきた。

「あの、それでなぜ私まで誘拐されたのでしょうか？」

仕事柄、崇継は詳しい説明をしてくれないが、恵蔵が失踪というか誘拐される事情があるのはわかる。けれど、なぜ自分までさらわれるのか。

「おそらく君は、罪をなすりつけるために巻き込まれたのだろう。恵蔵氏を殺すことになった場合、愛人と無理心中などを偽装するためにな」

「え？　愛人？」

「ああ、一部で君は恵蔵氏の愛人だと噂《うわさ》になっている。彼の妻は夫の浮気を疑い、興信所を使って君について調べていた」

「そんな……ただの雇用主と被雇用主という関係ですよ。調べればわかりますよね？」

ありえない。どうしたらそんな勘違いが起こるのか。怪しまれるような場所に出入りだってしていないので、興信所を使ったならわかるはずだと訴えるが、崇継に呆れた顔で首を振られた。

「レストランの個室とか車の中とか、人目を遮断できる場所で会っているだろう。ホテルなどにいっていなくても、そういう場所で密会していたなら、なにかあると疑われても仕方がない。それに君に罪を被せたい犯人からしたら、そんな事実はどうでもいいんだ。怪しければいくらでも捏造《ねつぞう》できるし、死人に口なしだろう」

そんな馬鹿なと思ったが、納得できない理由でもない。伊織の身分証を確認されたことと辻褄も合う。それに殺してしまえば事実なんてどうでもいいのだ。血の気が引いた。

「では、結婚したのは……？」

これぱっかりは意味がわからない。恵蔵と伊織の誘拐とどう結びつくのか。

首を傾げて崇継を見ると、顔をしかめてグラスをあおる。上下に動く喉仏が妙に色っぽくて、どきりとした。こんなところにも色気を感じるとは、やはり美形は卑怯だと呑気に考えて頷く。

疲れているところに酒を飲んだせいかもしれない。思考が散漫だ。これが酔いなのかと、首を反対側に傾げると沈黙していた崇継が重たげに口を開いた。

「……警察内部の事情というか、思惑がいろいろあって言えないことが多いのだが、内部に君を誘拐した犯人たちと繋がっている者がいる。だから確たるアリバイもなく、君が任意で事情聴取に引っぱられると、そのまま罪をでっち上げられて逮捕される可能性があるんだ」

「なにそれ怖い」

刑事ドラマみたいな展開に頭がついていかない。現実味がなさすぎるし、誘拐されてから今までの情報量が多すぎる。

やっぱり乙女ゲームの世界に転生したのだろうか。そう思いたいぐらいに荒唐無稽だ。

シナリオを書いたライターと膝を詰めて話し合いたい。初日に詰め込みすぎでバランスが悪い。書き直せと言いたい。

「それで、こちらは別件で追っている事件があって、恵蔵氏を殺害なり誘拐なりの犯人に君がでっち上げられると困るんだ」

追っている事件の詳細は言えないらしい。それはまあ仕方がないが、役所をでたあと車の中でもらった名刺に刑事部捜査二課の管理官とあった。伊織の拙いオタク知識では、捜査二課といえば経済犯罪や贈収賄事件を追う部署なので、それ関係の事件だろうか。

興味はあったが教えてはもらえないだろう。ちらり、と隣に視線をやると崇継の真剣な目とぶつかって心臓が跳ねた。

美形が真剣な顔をすると整った造作が際立つ。思わず見惚《みと》れてしまったが、次の言葉の脈略のなさに頭がくらくらした。

「そこで、君を放置しておくと逮捕されてしまうので、結婚して守ることにした」

酔っ払いの戯言に聞こえる。崇継も酔っているのではないか。

だいたい崇継は管理官だ。マンガやアニメなど創作物の知識なので詳しくないが、部下を指揮する立場であって現場にでてくるような地位ではないはず。伊織を助けにきたのも、結婚までしてしまうのも、立場を逸脱していておかしい。

「すみません。なぜそうなるのか、まったく意味がわかりません」

「だろうな。私も少々強引だとは思ったのだが、とっさにこれしか思いつかなかった」

少々ではなく、かなり強引だ。それに、とっさと言う割りに婚姻届や必要書類、伊織の普段使いのものや好物が用意されていて、周到な気がする。どういうことなのか、問いただしたいことだらけだ。聞いたところで、はぐらかされそうだが。

「私の父は警察庁の警備局長で、身内の犯罪は隠蔽する人間性だ」

今、さらっととんでもないことを言われた。警備局といえばマンガのふわっとした知識で、たしか公安課が含まれていたはず。そこの局長ということは……日本警察終わったなという感想しかない。

「息子の結婚相手が容疑者とわかったら、事件をもみ消しにかかるか、別の容疑者をでっち上げるだろう。ともかく、君を犯人に仕立て上げることはできなくなったということだ」

感謝しろとでも言いたいのだろうか。崇継は「よかったな」と鷹揚《おうよう》に続けて頷いている。

「いえ、なにもかもよくないです！　この際、お父さんの人間性はおいておくとしても、結婚までして守ってもらうのは違うと思います！」

他に方法があったのではないか。結婚はあまりにも力業だし、いくら父親が警察の上層部だとしても、こんなかたちで容疑者と婚姻したら警察内で崇継の立場が悪くならないのだろうか。今はよくても、将来的にまずいことになるのではと心配になった。

「そうだな……すまない。危険がなくなったら離婚する予定だが、将来、君の瑕疵《かし》になってしまう。急いでいたとはいえ、軽率だった。だが、きちんと責任は負うつもりだ。後々、君が結婚することになったら、相手に結婚と離婚歴についてきちんと説明し謝罪したい。相手方のご家族への説得も協力する心づもりだ。私の勝手でしたことなので、慰謝料の用意もあるし、他に必要なものがあるならできるかぎり君の要望に応えたい」

真摯に言い募る崇継に、ぽかんと開いた口がふさがらない。こんな、びっくりするするほど誠実な返しがくるとは思っていなかった。

「あの、いえ……そうではなくてですね。というか、そこまで私は考えていませんでした。そもそも私、一生結婚する気がありませんので、その心配はいりません」

彼が呆けたようにこちらを見つめていた。意外だったのだろう。目の奥で、戸惑いの色が揺れている。

ここまできちんと考えてくれている相手には、同じ誠実さで返したい。空のグラスを置き、崇継に膝を向け改まる。

「そちらでもう調べはついているかもしれませんが、私は趣味活動とお世話になっている養護施設のお手伝いで手一杯で、これから先も同じ生活を続けていくつもりです。愛しているのは二次元で、現実の異性や結婚には興味がありませんから、離婚歴がつこうと問題ありません」

「だが……将来、気が変わることもあるのでは？」

「絶対にないとは言い切れませんが、面倒臭すぎてリアルな恋愛とかしたくないですね。無駄にストレスを溜め込んで精神と経済がすり減りそうな気しかしないので、それより趣味に全力と全財産をそそぎたい所存です」

きりっ、と言い切ると、崇継の視線が困惑から残念なものを見るような目に変わった。

「なので、私を守るためにしてくれた結婚なら大歓迎です。気に病まないでください」

最初は新たな犯罪に巻き込まれたのかと青ざめたが、こういう理由なら仕方ない。相手の崇継も、性格に少々難はありそうだが誠実な人柄なので問題ない。きっと必要以上に責任をとろうとしてくれるだろう。

そう思うと、なぜだか胸の奥がむず痒《がゆ》い感じがして、自然に笑みがこぼれた。虚を突かれたように崇継が目を見張り、伊織から顔をそらして口に手を当てる。なにか堪えるように、眉間にぐぐっと力が入る。

「……そういう、誤解をされるような言い方をするな」

「誤解？　二人しかいないのに、誰に誤解が生じるのですか？　はっ！　もしかしてこの部屋、盗聴でもされてるんですか！」

崇継の仲間が伊織を監視するために部屋に盗聴器を仕掛けているとか。仕事の一環で匿われ結婚したのなら、そういうこともあるのかもしれない。自分はともかく、崇継に誤解が生じては申し訳ない。

あわあわと慌てていると、隣から長い溜め息が聞こえてきた。額を押さえた崇継が、うつむいていた。

「盗聴はされていないから落ち着け。そういう意味じゃない……」

では、どういう意味だったのだろう。

「あの、私はともかく……崇継さんは大丈夫なんですか？　将来の結婚とか、私より瑕疵がついたらまずい立場では？　その歳で管理官ってことは、警察キャリアですよね？」

しかも父親が警備局長だ。無罪とはいえ、容疑者と結婚していいわけがない。

「それは気にしなくていい。私は結婚に向かない性格だから、君と同じで結婚する予定はなかったし、警察での立場もどうでもいい。問題になるなら辞めればいいだけだ」

「え……辞めるって、いいんですか？」

「辞めてもお金には困らない。それに警察になったのは、嫌いなやつを陥れたいからだ。それと、なにかあったときに国家権力が味方だと便利だろう。だから、君が私の立場を心配する必要はない」

父親の人間性も大概だが、息子のほうもヤバかった。

お金に困ってないということは、この部屋の家賃などは自費なのかもしれない。血税でないらしいことを喜ぶべきか。伊織は少し遠い目になる。窓外の夜空が綺麗だ。

「じゃあ、結婚願望も予定もない二人が結婚したので、問題ないということですね」

ないわけがないが、あまり深く考えないでおこう。それより今後の生活はどうなるのか問うおうすると、どこか拗《す》ねたような怒っているような声にさえぎられた。

「君は……軽いな。大歓迎とか問題ないとか。もっと怒ってもいいことだろう」

強引に結婚を迫った側がなにを言っているのだろう。やはり酔っているのだろうか。情緒が不安定な人だ。傲慢そうに見えて後ろ向きなのかもしれない。面倒くさい。

「さっきも言いましたが、守るためにしてくれたんですよね？　だったら怒るより、感謝するものでしょう」

「感謝ね。なら、なにか返してくれるのか？」

こちらに視線を向けた崇継が、皮肉げに口元を歪める。

やっぱり自分に自信がないタイプだ。鬼畜だなんだと思っていたが、露悪的にしか優しさを示せない人なのだろう。こういう子供を養護施設でたくさん見てきた。試し行為というやつだ。意地悪をしたりひどいことを言ったりして、どこまで許されるか許してくれるか、そうやって相手の気持ちを図る。

卑怯な人だが、なんだか放っておけない。

ふと、昔出会った少年の顔が頭をよぎる。崇継と似ても似つかない少年なのに、なぜだか二人の姿が重なって見え、愛しさが込み上げてくる。

それに、やり方がおかしくても伊織を助けてくれて、守ろうとしてくれた。返せるものがあるのなら、お返ししてあげたい。

少し考えて、ぱっと頭に浮かんだのはアレだった。たくさん読んできた商業誌や同人誌で繰り広げられる定番のエロネタ。一度思いつくと、もうそれしか考えられない。

ずっと体に巻きつけていた布団を、ばさりと落とす。

「では、私の体でお返ししましょうか？」

元気よく満面の笑みでそう言い放った伊織は、たぶんとても疲れていたし酔っていた。

そして、目を見開いて固まっている崇継がひどく可愛く見えて、さらに笑み崩れたのだった。

3

酔っているせいで幻聴を聞いたのだろうか。崇継は何度か瞬きしたあと顔を前に戻して目を閉じ、痛くなってきた目尻を揉《も》む。

少し意地悪な気持ちで「なにか返してくれるのか？」と言った自分が悪い。だからといって、なぜその返しになるのだ。

冗談のつもりか。こちらをからかっているのか。若いから、そういうお返しが普通なのか。八歳も違えば価値観もかなり異なる。

若者では当たり前のお返しなのか、そうなのか？

いや、待て。キスしたときに初めてだと言っていた。それでこんな誘いをかけてくるとは、ただの酔っ払いだな。惑わされてはいけない。

だが、ワイシャツ一枚で無防備に微笑む伊織の姿が瞼の裏にちらついて落ち着かない。向こうから体で返すと言いだしたのだから、いいのではないか。据え膳だぞ、と悪魔のような囁きが聞こえる。

鎖骨が見えるぐらいまで開いた胸元。上気して桃色に染まる肌。少し湿った艶のある黒髪。グラスの酒を飲むときに開かれる赤い唇からのぞく濡れた舌。それから、こくりと動く喉と片手で折れそうな細い首。どれも崇継を誘惑し、理性を壊そうとしてくる。

崇継のワイシャツしか着ていないと気づいたとき、なぜ監禁し直しておかなかったのか。彼女を落ち着かせるために、少し話をしようと思ったのが間違いだった。

ここ一週間ほど、忙しくてまともに寝ていない。昨日からは徹夜だ。睡眠不足に加えて飲酒した脳に、この状況は刺激的すぎる。

今すぐ見たものを忘れて立ち去ろう。ちょうど酒もなくなったので、新しいのをとりにいくと言って閉じ込めよう。今度は、わめかれようが無視だ。

「崇継さん、どうしました？　具合が悪いんですか？」

立ち上がりかけた崇継の袖が、くんっ、と引っぱられる。心配そうな声に、つい視線をやると、潤んだ大きな目が見上げてくる。長い袖からちょこんとのぞいた小さな白い指が崇継のシャツを摑んでいて、理性がぐらぐらする。

可愛い。ではなく、うっかり手をだす前に早急に監禁し直さないとならない。キスをしておいて今さらかもしれないが、あのときは救出のあとで変に興奮していて勢いでやってしまったのだ。

仕方がないだろう。ずっと求めていた相手なのだ。それが腕の中に転がり落ちてきたら、魔が差すこともある。だが、これ以上の過ちはいけない。

「いや……大丈夫だ。君が変なことを言うから眩暈がしただけだ」

「ああ、やっぱり私じゃ駄目ですか。お相手が選び放題の崇継さんからしたら、女としての価値がそんなにないですよね。初めてなので技術も経験もないので楽しめないでしょうし、体はまあ……おっぱいがそれなりに大きいのが幸いなぐらいですかね」

自身を淡々と評価する伊織に、卑下する雰囲気はない。それどころか恥じらいもなく胸を寄せて上げ、小首を傾げて見上げてくる始末だ。

「いかがですか？」

なにを言っているのだこの酔っ払い、とたしなめるはずの口は動かず、シャツからのぞく谷間を注視してしまう。たしかに、体に対して大き目な乳房だ。

柔らかそう……などと考えるな、馬鹿め。自分を諌《いさ》めて、視線を谷間から引きはがす。

「あ、もしかして貧乳派ですか？」

「違う！　そんなのはどちらでもいい」

元々、そういう好みはなかったし、伊織が伊織ならどんな姿でも性別でもいいと思うぐらいには執着していた。彼女は崇継のことなど憶えていないだろうが、こちらは人生を変えられるような出会いだったのだ。

あれからずっと――彼女を忘れようとして忘れられなかった。けれど、絶対に再会してはいけないと自身を戒めていた。会ってしまったら、誰にも奪われないように閉じ込めてしまうだろうから。

焦燥に目を細め、崇継は気持ちを立て直すように息を吐いて前髪をかき上げた。

「それから、君はじゅうぶん魅力的で可愛らしい。自分を落とすようなことを言っていると、悪い男につけ込まれるぞ」

だんだん心配になってきた。伊織は容姿に自信がないようだが、そんなことはない。楚々《そそ》とした愛らしい顔立ちで、口さえ開かなければモテるだろう。

しかし、この迂闊《うかつ》な言動でよく今まで無事でいたなと頭痛がしてくる。このまま放置して他の男に食われるぐらいなら、いっそ今すぐ奪ってしまおうか。現実の恋愛より二次元だと宣言するぐらいなのだから、別にかまわないだろう。そういえば結婚しているのだから、合意ならば犯罪にもならない。

また、よからぬ考えがむくむくとわいてくる。お互いに酔っている状態で際どい会話は危険だ。

「魅力的ですか……お世辞でも嬉《うれ》しいです」

腕に、ふにゃりと柔らかいものが押し当てられ、か細い手がからみつく。見下ろすと、にこにこ笑う伊織と目が合って息をのむ。じりっ、と体の奥が焼かれるように熱がわいてくる。

「崇継さんも、魅力的ですよ。容姿ももちろんですが、中身も。口ではきついことや人を試すようなことを言いながらも優しいですし、こちらの心配ばかりしてますよね」

人から優しいなどと言われたのは初めてだ。冷たいとか、いいのは外見だけだとかなら散々言われてきた。

世話を焼いたのも優しくしたいと思ったのも伊織だけなので、彼女は勘違いをしている。

「そちらこそ、悪い人につけ込まれないよう気をつけてください。崇継さんは、人からの愛情に飢えてそうだから心配です」

どくんっ、と心臓が嫌な音をたてる。否定したいのにできない。崇継の胸の奥深くを無邪気に見透かしてきた伊織に、どうしようもない苛立ちが生まれる。

昔もそうやって、するりと人の懐に入ってきた伊織が憎い。だから執着してしまい、そんな自分が怖くて逃げだした。

「私は今まさに、君につけ込まれている気がする」

苦しさに目を眇《すが》め、もたれるように伊織におおいかぶさり無防備な唇を奪った。びくり、と一瞬体をこわばらせたが抵抗はなく、受け入れるように口が薄く開く。ぽってりとした唇を味わうように食み、軽く中を舌でくすぐってから離れた。

「んっ、はぁ……崇継さん？」

とろりとした黒目勝ちの瞳が、こちらをぼうっと見つめる。警戒心もなく、簡単に奪われる彼女が悪い。理性が欲望へと転がり落ちていく。

「やっぱり体で返してもらおうか」

否定の返事がくる前に、貪るように口づけて華奢《きゃしゃ》な体をベッドへ押し倒した。

「ンッ、んぁ……ふぁっ……ッ」

長い長い口づけに、甘ったるく喉が鳴る。息がうまくできなくて、溺れてしまいそうな感覚に伊織はもがくが、両手首はシーツの上に縫いとめられて縋《すが》ることもできない。口の中に残ったチョコレートと、崇継の唾液に混じったブランデーの味が舌の上でからまり合って意識がさらにふわふわしていく。

気持ちよくて美味しい。このままずっと貪られていたい。

それしか考えられなくなっていると、ちゅっ、という音をたてて唇が離れていく。ふはぁ、ともれた息は熱くて、体の奥はじんじんと疼いていた。

「本当にいいのか……？」

見上げた崇継の目は欲に濡れ飢えているのに、その中に迷いと心配が揺れている。ああ、本当に優しい人なのだなと思うと同時に、求められていることが嬉しかった。

たぶん同じように伊織も飢えている。彼を好きかどうかは置いておいて、彼に初めてを貰《もら》ってもらえたら安心だなと思ってしまった。

恋愛をするつもりはないが、欲はある。若さゆえの興味もあって、小説やマンガで読むだけでは足りないと好奇心が騒ぐ。酔いによる高揚感も手伝って大胆にもなっていた。

今日襲われたみたいに奪われるのは嫌だが、自分の意志で相手を選んで経験できるならしてみたい。その相手として、崇継は最適どころか身に余る相手だろう。

「……今ならまだ」

「かまいませんよ。だって私たち、結婚したじゃないですか」

彼の言葉をさえぎる。迷って、やめられたくなかった。キスで舌が痺れてしまうほど甘く酔わされたのに、放りだされたらどうしていいかわからない。

「初夜ですね」

言ってから照れくささに微笑む。崇継の欲に火がついたのか、その目がさらに熱を持ちベッドがきしんだ。

「ひゃぁ、うっ……ンッ！」

獣が食らいつくように、首筋に噛みつかれ舌が這う。初めての感覚に肩が跳ねる。くすぐったさと、ぞわぞわする甘いなにか。反射的に逃げたくなって身をよじった。

「いや、ぁん……ひゃぁ、あはっ……だめ、くすぐったいです」

うひゃあっ、と変な笑いがもれる。色気なんてない。こんなはずではと思うが、自分ではどうにもできない。

「まるで子供だな」

呆れたような崇継の声が降ってきたが、やめるつもりはないらしい。暴れる伊織の肩を押さえつけ、甘噛みや口づけを繰り返す。ちゅうっ、と吸いつかれると、くすぐったさだけではない痺れが走る。

「んっ……あぁっ、それ、やぁ……ッ！」

キスされた場所から甘い痛みが広がり、下腹部がきゅうっと疼く。さっきまでの笑い声が嬌声《きょうせい》に変わるのはすぐだった。

ワイシャツの上から乳房をまさぐられる。ふにゃりとしていた乳首がたちまち硬くなり、布を押し上げる。崇継がそれを指先で転がし、戯れに口中に含む。ぐちゅぐちゅと濡れた音がする。唾液にまみれた布が敏感な先端に貼りつき、そこを舌と歯で嬲《なぶ》られる。

「やぁんっ、そこばっかり……ひっ、あぁっ、アッ！」

交互に弄り回された乳首がじんじんする。気持ちいいけれど、火照る体にじれて膝をこすり合わせた。足の間がじわっと濡れてくる。

まだ乳首だけなのに、こんなふうになるなんて。崇継が上手なのか、伊織が感じやすいだけなのか。体の変化に驚いていると、ワイシャツの前を強く引っ張られた。

「きゃ……ッ！　なにを……ひゃんっ、あぁぁ……ッ」

ボタンが弾け飛び、前がはだける。見上げた崇継の目は獰猛《どうもう》な獣のよう。それに怯える間もなく、露わになった乳房を揉みしだかれ先端にむしゃぶりつかれた。

「あっ、あんっ！　きゃぁ、ンッ……ひゃぁ」

まだ触れられていない蜜口が、ひくりっと痙攣する。嬲られているのは胸なのに脚の間が切なく痺れて、とろけてくる。そこに崇継の膝が押し入ってきて、閉じられなくなった。

いやいやと体をよじると、「こら、大人しくしろ」と乳首を口に含んだまま怒られる。

「ふぁっ、しゃべら、ない……でっ」

吐息も刺激になって、体が跳ねる。疼く腰がたまらない。早く、もっと、別の愛撫がほしくなる。じれるような熱が下腹部に溜まる。それをどう訴えればいいかわからなくて、崇継のシャツを引っぱった。

「ねえ……もうっ、やぁ……崇継さん……ッ」

「なにが、もう嫌なんだ？」

ふっ、と崇継が意地悪に笑い、前髪をかき上げる。艶のある仕草に、きゅうっ、と体の奥が反応してしまう。よく見れば、乱されているのは伊織ばかりで、彼はきちんと服を着こんだままだ。

「やっ……脱いでください。私ばっかり……恥ずかしいです」

「それはできないな」

「えっ、なんで？」

「非常事態が起こったときに困るだろう。要求がそれだけなら、続けるぞ」

まだなにか事件が起こるのかとか、その可能性があるのにこんなことをとか考えているうちに、胸の先を口に含まれ愛撫の手が下へと伸びていく。

脇腹や臍《へそ》、脚の付け根と手がさ迷い、指が優しくすべる。肝心の疼く秘所にはふれてもらえず、甘い熱だけが溜まっていく。舌と歯はくちゅくちゅと乳首を嬲り続けるばかりで、じれったさに涙がにじむ。

「ひっ、あぁ……んっ、そこばっかり……いや、です」

「そことは、どこだ？　どうされたい？」

「だ、だから……意地悪です。ひゃぁ、アァ……っ！」

楽しげな声で返される。わかっているだろうに、初心者に対して容赦がない。しかも、伊織を煽《あお》るように口中の乳首を嬲る舌使いを激しくする。

ぐちゅぐちゅ、といやらしい音が響く。なにも言えずに喘《あえ》いでいると、「ほら、どうしたい？」と催促され、敏感なそこに少し強く噛みつかれた。びくんっ、と秘められた肉襞《にくひだ》が痙攣し蜜があふれる。

「ひっん……ッ、やぁ、もうっ……ここも、触ってください」

我慢できなくなり、震える脚を自ら開く。とろり、と蜜がたれるのがわかって、顔が熱くなる。太腿《ふともも》を悪戯に撫でるだけの崇継の大きな手をかりかりと引っかいて、なけなしの抗議をしてやった。

くっ、と崇継の喉が笑う。細められた目で、ぱくりと開き蜜にまみれた肉襞を視姦される。

「いやらしいな」

誰のせいだと言い返したいが、すぐに触れてきた指に言葉がかき消される。

「あんっ……！　あぁあァ……ッ！」

蜜を塗り込むように、指が割れ目をかき分け上下する。乳首を解放した唇は、たわむ乳房の下や腹をたどり、ちゅ、ちゅ、と音をたてては吸いつく。肌をくすぐる疼痛《とうつう》は臍に到達し、その中に舌を突き入れられる。

「いやぁ、んっ……そんな、とこっ」

腹の奥で溜まっていた疼きをかき回されるような感覚に、蜜口がくちゅんっと収縮し、崇継の指に濡れた襞がからみつく。

「あっ、あぁ……ぅんっ……たかつぐ、さんっ」

少しざらつく指が気持ちよくて、ねだるように名前を呼ぶ。すると指の腹が、襞に埋まる肉芽に触れた。

「ひゃあぁ！　ん……ッ、そこ……あぁっ」

「ここか。皮を被ってる」

綺麗な顔で、なんてことを言うのか。体が、かああっと熱くなる。

「あ、ひゃぁ……ッ！　やら、あぁ……ンッ」

なにか言い返す間もなく、脚の間に顔が埋まる。蜜にまみれた肉芽を舌でつつかれ、じゅるりと吸われた。

「ひんッ！　いやぁ、ら……ひ、うっ、あぁぁ……！」

舌先が皮をめくるように隙間に入り、唾液をまぶす。じゅるじゅると何度も吸われ、舐められ、丁寧に包皮をむかれていく。

「あぁうぁ……らめぇ、それ……ンッ！」

裸にされた尖りは敏感で、空気に触れただけでびくびくと震えた。そこに崇継のざらざらした舌がからまる。強すぎる刺激に、びくんっと腰が跳ねた。

「ひっ、ンッ……！　いやあぁ……ッ！」

あっという間に昇りつめ、快感が弾ける。ひくんっ、ひくんっ、と肉芽が震えて、余韻の熱が体中に広がって溶けていく。

「あ……はぁ、あ……」

「いったのか。可愛らしい」

「ンッ……はぁ、あぁぁッ……まだ、だめぇ……！」

ご機嫌な声が聞こえてきたと思ったら、達したばかりで過敏になっている肉芽に口づけられた。ちゅうっ、と吸い上げられ舌先でこね回される。指は蜜口や襞をかき乱し、濡れた音を大きくする。

「はっ、あぁ……やらぁ……っ、それ……ひっあぁッ！」

あふれる蜜をすすられ、舐められ、強すぎる快感にすぐにまた熱が高まる。襞と中心の尖りが痛いほど感じてじんじんする。けれど達する寸前で、ちゅうっと音をたてて唇が離れていく。

「んっ、いやぁ……ッ」

「まだ駄目だ。こちらも慣らさなくては。初めてなんだろう？」

じれったさに声を上げると、なだめるように脚の付け根に口づけられ、ひくつく入り口を指で左右に開かれる。そこに、ぬるりと舌が入ってきた。浅い場所を舌先でくすぐられる。

肉芽を嬲られるのとはまた違う、中をまさぐられる快感に身をよじる。

「ひぁッ……や、そこ……あんっ、うそ……らめぇッ！」

舌が唾液を塗り込むように深く侵入してきて、じゅぽじゅぽ、と出入りする。時折、蜜をすすり上げられ、崇継の喉が鳴る。

「やぁ……ッ、のまない、で……ひぁんっ」

あんな綺麗な顔でなんてことを。羞恥で頭がおかしくなりそうだ。

手を伸ばして崇継の頭を押すけれど、邪魔だというように頭を振られ、さらに中を舌先で犯された。執拗《しつよう》に中と入り口を舌でねぶられているうちに、手から力が抜けていく。もう抵抗することもできなくて、ベッドに手足を投げだし甘い声を上げるだけになる。

そしてまた、絶頂の寸前で舌が引いていき、代わりに指があてがわれた。

「……んっ、アァァ……！　まって……ッ！」

一気に入ってきた指に、背筋がびくりっと跳ねる。舌よりも深いところを硬い指先で突かれ、かき回された。駆け抜ける快感に腰が震える。

「思ったより柔らかいな。これなら、すぐにほぐれそうだ」

崇継の欲に濡れた声がしたあと、くぷりっと抜けていった指がすぐに本数を増やして入ってきた。蜜口を広げるような動きで、指が抜き差しされる。慣れない感覚に、悲鳴のような喘ぎを上げ「まってぇ」と懇願するが無視された。

ぐちゅん、ぐちゅん、と指が激しく出し入れされ、さらに入り口を広げられていく。何本入っているのか、見えない伊織にはわからない。けれど、蜜口が限界まで開かれている緩んでいく。

のはわかる。たまに感じる、引きつるような痛みに泣き声を上げると、むけた肉芽をなだめるように舌で転がされる。それだけで痛みが甘い疼きに変わり、指に犯される下の口が緩んでいく。

「ひ、はぁ……うぅっ、あぁぁ、あぅ……ッ、もう、もう……」

なにを言いたいのか、自分でももうわからない。いけそうなところで引いていく愛撫《あいぶ》がじれったい。とても丁寧に準備されているのはわかるが、ぐずぐずに溶かされた体はもうつらくて、早く奪ってほしくて熱が渦巻いている。

「たかつぐ、さん……もうっ、おねがい……」

なにをどう頼めば、欲しいものをくれるのかわからない。与えられる快楽のせいで理性はとろけきり、羞恥も感じなくなった伊織は、無意識に動いていた。

膝裏に手をやり、さらに脚を開いてみせる。経験はないが、今まで読んできた成人向けの本で学んでいた。こうすればいいと。

「はぁ、あぁ……崇継さんの、入れて……ください」

蜜でどろどろになった入り口が、指を食んだまま、くぷっと卑猥《ひわい》に音をたてた。崇継の喉が鳴り、すぐさま指が引き抜かれる。蜜口がきゅんっとすぼまり、内壁が痙攣する。そこに指よりも硬くて太いものが押し当てられた。

躊躇《ちゅうちょ》して怯える間もなく、切っ先が押し入ってくる。

「ひぁッ！　アアァ……ッ！　やぁッ、いた……いっ！」

途中で痛みを感じて悲鳴を上げる。一瞬、崇継の動きが止まるが唇を塞がれる。貪るような口づけに気をとられているうちに、そのまま一気に最奥まで貫かれた。

痛みに全身ががくがくと震え、涙がぼろぼろとこぼれる。遠のきかける意識を引きとめようとするように、口づけがより濃厚になっていく。震える体を抱きしめられ、優しく頬や髪を繰り返し撫でられる。口腔をまさぐる舌も深く入ってはくるが、なだめるような動きだ。

「すまない、抑えられなくて……」

キスの合間、苦し気に告げられる。

「大丈夫か？」

「いたい、です……っ」

涙目で訴えると、謝るような軽い口づけが降ってきて、大きな掌が肌の上をすべる。伊織が感じていた場所をたどり、痛みで引いてしまった快感を引き戻すように愛撫される。じわじわと甘い疼きが戻ってくる。繋がった痛みも、むずがゆいような熱に変わっていく。もどかしさを感じる頃、脇腹をするりと撫でられ、ひくんっと全身が震えた。すぼまった蜜口が、崇継の太さを確認するように締まる。そこから広がる甘い疼きに身をよじった。

「あ……もう、大丈夫です。動いても……」

むしろ動いてくれないとつらいかもしれない。甘く重くなってくる腰がじれったくて、崇継の袖をぎゅっと握る。それを合図に、体を揺さぶられた。

「はっ、アァ……んっ！　あっ、ああっ……！」

ぐんっ、と中のものが引いていき、すぐさま深くまで犯される。少しだけ様子を見るように動きが止まるが、伊織が快感に身を震わせているのがわかると、抽挿が速くなった。くぷんっ、と蜜を漏らす入り口が卑猥な音をさせ熱杭《ねっくい》をのみ込む。からみつく中を切っ先でかき回し、伊織がよがる場所を見つけては執拗に突き上げる。

「ひぁっ、ああんっ……いやぁ、そこ……やぁ……！」

痛かったのが嘘みたいに気持ちがよくて、声を抑えられない。崇継のものが中を行き来するだけで、たまらない快感が体を駆ける。無意識に腰が揺れだすと、それに合わせて抜き差しが激しくなった。

「あひぃ、んっ……あぁッ！　もっ、だめっ……アアッ！」

じらされ放置されていた熱が一気に高められ、弾けた。達した中が激しく痙攣し、硬い雄にからみつく。

「あぁんっ、待って……」

「悪いが無理だ」

端的に返ってきた崇継の声は艶っぽくかすれていた。いったばかりで敏感になっている中を、いたわることなく蹂躙《じゅうりん》しだす。

「いやぁ、やぁっ……そんなっ、むり……あぁぁんっ……！」

がつがつと、内壁と蜜口をこすられる。脚は崇継の肩に担ぎ上げられ、上から叩きつけるようにねじ込まれて、突き当りの先までこじ開けてくる。

「あぅッ……ひ、ぐ……っ、アアァ……やらぁ、そんなとこまで……ッ」

最奥の入り口に硬い切っ先が当たると、びくっびくっ、と快感と怯えの混じった震えが走る。込み上げてくる絶頂感に眩暈がした。

「初めて、なのに……ひあっ、あンッ！」

「素直な体だ。そのまま身を任せていればいい」

そう言うと、崇継は抽挿をさらに早めた。腰を摑まれ、最奥の口をえぐられる。びくんびくんっ、と子宮が甘く痙攣して熱が弾けた。

「ひっあぁっいやぁ……ッ！　だめ、もっ……らめ……また、きちゃうッ！」

達したと思ったら、すぐにまた次の絶頂感がくる。自分の体でなにが起きているのかわからない。立て続けに達して、止まらない。ずっといったままのような状態に、頭がおかしくなりそうだった。

「あっ、ああぅっ……ひっ、ンッ！　アアァ……んっ……たか、つぐさん。助けてぇ」

気持ちいいけれど苦しい。ぐずぐずにとろけてくる思考の中、彼にすがった。

崇継の息も荒い。皺の寄る眉間や乱れた前髪は淫蕩《いんとう》なのに、服装だけは乱れていない。

そんな様にも感じてしまう。こちらはこんなに乱されているというのに、服を脱ぐ余裕もなく一方的に貪られていることに体の芯がいやらしく火照る。

シーツの上でたゆたっていた腕を伸ばす。察してくれた崇継が、力の入っていな

い伊織の手をとり首に回す。そのまま、ぎゅうっと抱きしめられ背中が浮いた。

「きゃっ、あぁ……ッ！　だめ、いっちゃぅ……っ」

角度が変わり、繋がりがより深くなる。密着する彼の体温と香り。ぞくぞく、と駆け抜ける甘い痺れ。

「伊織……っ」

「……あぁッ、たかつぐ、さん……ひっ、アァ……！」

切羽詰まったかすれ声に耳元で名前を囁かれ、彼を受け入れた中が強くうねる。ぐりっ、とさらに奥へと先端がねじ込まれて、全身が震えた。絶頂感に頭がちかちかする。それを追いかけるように、崇継の欲望がどくどくと中にそそがれる。すべてのみ込ませるように、腰をぐいっと押しつけられ揺らされた。達したのに、その動きに感じて蜜口がきゅうっと締まった。

「あ……はぁ、いやぁ……んっ」

余韻さえも気持ちよくて陶然とする。もっと繋がっていたい。混じり合って溶けてしまいたい。けれど、体と意識のほうが限界だった。

崇継に強くすがっていた手から力が抜け、ベッドにすべり落ちる。一緒に意識も失う。その寸前、いくつもの優しいキスが顔に降ってきたことだけは感じられた。

4

崇継に抱かれた夜から、伊織は二日寝込んだ。そして昼過ぎに目を覚ましたら、本格的に監禁されていた。

「玄関に鉄格子がある……いつから牢獄《ろうごく》になった？」

自分でもなにを言っているかわからないが事実だ。あまりの衝撃に、初体験後の恥じらいだとか、どういう顔で崇継に会えばいいのかという些末《さまつ》な悩みは消し飛んだ。

鉄格子は、玄関の上がり框《かまち》から一メートルほどの場所に設置されていた。天井まであるそれは、造りが木製やプラスチックならば猫の脱走防止用の柵だと思っただろう。

「そうか。人間を脱走防止するなら鉄格子しかないよね。なるほどなるほど」

わかった風に頷いたが、実際はなにがなんだかわからない。質問したい相手は、朝、起きられなくてベッドの中でもごもごしていた伊織に「仕事にいってくる」と、軽く額にキスして出勤した。

まるで新婚。ではなく、事実新婚なのだが、その新妻を監禁するとはどういうことなのか。

「まあ……偽装結婚だけどね。せめてこれの説明はしていってほしかった」

はぁ、と溜め息をつく伊織は、今日も彼シャツ状態だ。崇継のワイシャツの下にショーツだけはいている。はいた記憶はないので、この二日ほど頭痛と熱でうなされている間に着せられたのだろう。

抱かれた翌日、いろいろな無理が崇《たた》ったのか伊織は発熱した。ついでに初めての二日酔いも体験することになった。

二日間、崇継はつきっきりで世話を焼いてくれた。最初に目覚めたとき、お粥《かゆ》を食べさせてもらい、鎮痛剤にもなる解熱剤を飲まされた。それから眠りにつく頃、インターホンが鳴ったのが遠くに聞こえた。そのあと何度か目を覚まし、崇継に水を飲ませてもらったり着替えを手伝ってもらったりしていると、寝室の外で物音がしていた。

業者が家具や家電を運び込んでいると言っていたけれど、こういうことだったのか。鉄格子を設置する業者もきていたのだろう。

「これ……さすがに溶接はされてないのか。賃貸だって言ってたもんね。原状復帰はできる感じなのかな」

鉄格子と壁の接地面に顔を寄せる。金具で固定してあるだけだが、そう簡単に外せそうにない。そもそもこの家の中に工具はなさそうだ。右手側には出入口があり、外から鍵がかかっている。

伊織はまた深く溜め息をつき、考えることをサクッと放棄した。考えても埒《らち》が明かない。崇継が帰宅したら聞こう。無駄なことに時間とカロリーを消費していられない。

「そんなことより、お腹が空いた」

ぐうっ、と気の抜けた音をたてるお腹を抱えてリビングに引き返す。キッチンの冷蔵庫を開けると、冷蔵も冷凍も野菜室もぎっしりと食材が詰め込まれていた。

「これは……料理経験がない人の買い物の仕方ですね。無駄に高価な材料と献立を考えられていない品揃え。デパ地下の生鮮食品か。どういう基準で買ったのかな？」

基本的な調味料と食材もあるが、料理の仕方がわからない珍しい野菜類が多い。なぜ冷蔵庫に入れたのか聞きたい高級缶詰。海外ブランドの冷凍食品など。およそ一般家庭ではお目にかからないタイプのものが続々とでてきた。

せめてスマートフォンがあれば料理方法を検索できるのに。

そういえばスマートフォンなどが入ったバッグはどうなったのだろう。誘拐犯に取り上げられてからの行方を知らない。それも崇継が帰宅してから聞こうと心にメモをして、主食とおかずがワンプレートになった冷凍食品を電子レンジに突っ込んだ。

初めて食べた海外の冷凍弁当はなかなか美味しかった。お高いだけはあるのだろう。値段は知らないが。

ひと心地ついた伊織は、ソファに身を沈めてテレビをつけた。

『野々村一衆議院議員がＩＲ担当副大臣に任命され……』

ＩＲとは統合型リゾート施設だったかなと、伊織は女性アナウンサーの声に首を傾げる。以前、地元の近くでタクシーを使ったことがある。そのときの運転手が、「この辺りにIRで開発する計画があるんだってさ」と言っていたのを思い出す。

カジノを建設するとかで、住民から反対の声が上がっているとお世話になっている養護施設の職員も言っていた。あれは、この計画のことだったのか。

副大臣だという太った壮年男性が笑顔で手を振っている。選挙の映像のようだ。アナウンサーが『それでは次のニュースです』と言って、画面下のテロップが入れ替わる。

『二日前の深夜、突然爆発し炎上した工場跡地の映像です。現場は東京都○○市……』

ヘリからの映像は上空からだったが、なんとなく見覚えがある建物に血の気が引く。爆発炎上以外の情報を聞きたくなくて、すぐさまテレビを消す。一瞬、死傷者の文字がテロップに表示されたが、忘れることにする。

あの工場に伊織を誘拐した犯人たちはどうなったのだろう。あのあとを誰が処理したのか。世の中、知らないほうがいいことだらけだ。

「しばらくテレビをつけるのよそう……」

伊織はソファから腰を上げ、バルコニーへでる。こういうとき、いろいろ考え込むとメンタルにくる。面倒なことは忘れて、今日はこの家の中を探検しよう。

外は心地よく晴れていて、からっとした風が吹いていた。吐き出し窓に鉄格子はなかった。ここから逃げたり飛び降りたりはしないと思われているのだろう。自殺願望はないのでその通りだ。

けれど避難用の隔て板の前には、大きくて重そうなテラコッタの鉢植えがあり、オリーブが植えられている。絶対に逃がさないという強い意志を感じる。

「火事になったらどうするの？　これ、マンションの規約違反では？」

ぼやきながらバルコニーの下をのぞき込んで、伊織はひゅっと息をのむ。ここはマンションの中階ぐらいだが、地面が遠い。怖くなってすぐに頭を引っ込め部屋に戻った。

それから寝室以外の扉を開けて回る。トイレとバスルームと、もう一部屋。そこは鍵がかかっていて入れなかった。崇継の部屋で、見られたくないものが置いてありそうだ。

とりあえず、バスルームの脱衣所にあった洗濯乾燥機に乾いたシーツ類が入っていたので、寝室のものと取り換えた。それと昼をすぎてしまったけれど、掛け布団だけでもと窓辺の椅子の上に干してリビングに戻った。

すべての部屋を回って気づいたのは、外と連絡できるものがなにもないということだ。テレビもネットワーク接続の設定はしていなかった。あるとしたら鍵のかかった部屋だろう。

「監禁するなら当然か……それより、することがなくなったなぁ。どうしよう」

たくさん寝たので、もう寝るのは嫌だ。テレビも怖いのでつけられない。仕方がないのでベッドでごろごろしながら妄想でもして暇をつぶすか。そういえば、崇継で凌辱妄想していなかったなと寝室のドアを開けると、サイドテーブルの横に大きなダンボール箱が置いてあるのに今さら気づいた。

「なんだろう、これ？　あっ、書置きあるじゃん」

起きてすぐ目につく場所だが、目覚めたときは寝ぼけていて見えていなかった。まさか今まで視界に入らないとは崇継も思わなかっただろう。

ダンボール箱の上にコピー用紙が一枚載っている。そこには、『箱の中身はすべて君のものだ。好きに使いなさい。　崇継』と縦長の神経質そうな文字で書いてあった。

ダンボール箱を開くと、まず新品の衣類が入っていた。

「おお！　新品の下着と服だ。ちゃんとパジャマもある」

数着ある服の中から部屋着になりそうなものをだす。ふわふわでもこもこの手触りな部屋着のタグを確認する。予想通りのブランド名で、少し遠い目になる。可愛いな、ほしいな、けど高いなと、そのブランドサイトをよくスマートフォンで眺めていた。

ついでにブラジャーも手にとってタグを確認すると、やはりサイズが合っていた。きっと他の服もサイズがぴったりなのだろう。

うん。気にしない。

上に載っていた衣類をどかすと、その下には書籍類と化粧品一式が入っていた。外出できないのに、メイクをしろということなのかと首を傾げる。家ではすっぴんで過ごしたいので、浴室に用意されていた基礎化粧品だけで充分だ。

この化粧品もまた、伊織が愛用しているものだった。もう、なにも言うまい。

そして思考を停止させ、暇つぶしになりそうな書籍を手にした伊織は歓喜した。

「こっ、これは特典付き限定販売のラノベ！　流行ってるときにハマらなかったばっかりに買い逃し、今ではオークションで高額になっているのに瞬殺する限定本ではないですか！　しかも新品未開封!!」

伊織はそのライトノベルを両手でかかげ持ち、涙を流さんばかりに打ち震える。どうやって入手したのか知らないが、ありがたい。もう、崇継で凌辱妄想をしようなんて考えるのは金輪際やめよう。あの人はいい人だ。

それから他の書籍類も改めていくと、どれも伊織が欲しいと思って手に入れられなかった限定本や特典小説やマンガ、グッズ類だった。買おうと思っていた新刊も揃っている。

とても嬉しいのと同時に、伊織の個人情報が深刻なほど漏洩《ろうえい》しているのもよく理解できた。

思わずドン引きしてしまいそうになったが、入手困難な特典や限定本の前ではすべて些末なことである。

誘拐されたり脅されて結婚させられたり、監禁されていることに比べたら、個人情報漏洩なんてただの軽犯罪。むしろ監禁生活と引き換えにこんな素晴らしいものをいただけるなら、ここは天国に違いない。

伊織は鼻歌を歌いながら、なにから読もうか迷いだす。けれど、ふとその手をとめつぶやいた。

「そうだ。こんなに素晴らしいものをもらったんだから、なにかお礼しなきゃ！」

個人情報をいいように搾取されているのだから、お礼なんて必要ないのだが、そんなこと伊織の残念な頭からは綺麗さっぱり忘れ去られていた。


崇継は重い気持ちを抱えてマンションのエレベーターを降りた。

今朝、伊織の熱は下がっていた。寝ぼけてむにゃむにゃとなにか言っている様が可愛くて、つい額に口づけてしまった。少し浮かれていたのだろう。

正気に戻った伊織は、気持ち悪いと思っているかもしれない。あの鉄格子を見れば、さらに恐怖に怯えて、崇継を嫌うはずだ。想像するだけで気が滅入る。

あの夜、伊織は「私を守るためにしてくれた結婚なら大歓迎です」と言った。正直、嬉しくて、自分がしたことがすべて許されたような気になってしまった。

だが所詮、酔っ払いの戯言。体を繋いでしまったのも、お互いに神経が昂っていたのと酔っていたせいだ。

きっと、あんなかたちで初めてを喪失して後悔しているだろう。二十歳なんてまだ子供。大人である崇継が抑えるべきだったのに、衝動のままに押し倒した。酔っていたなんて、言い訳にもならない。

体にも負担をかけてしまった。手加減はしたが、初めての相手に無理をさせたと思う。看病をしている間は幸せだった。熱でふにゃふにゃしている伊織は、崇継が世話をしてやると無防備にすり寄ってきて小動物のようで庇護《ひご》欲をそそった。今まで誰かを介抱なんてしたことがなかったのに、あれこれしてやることが楽しくて、このままずっと具合が悪ければいいのにと思った。

玄関の前まできてしまった。溜め息をのみ込んで鍵をとりだす。

これから断罪されるのだろうが、それに怯んで逃がすわけにはいかない。無防備な彼女を一人でここからだせば、あっという間に陰謀にのみ込まれ、最悪殺されてしまう。

伊織を守るためなら、嫌われようとも強引な手段をとると決めたのだ。鈍りそうになる決心をかためるように、崇継は眉間にぐっと力を入れて玄関を開けた。

鉄格子の向こう。リビングから温かな明かりと、いい匂いがもれてきている。こちらの音に気づいたのか、ぱたぱたとスリッパで駆けてくる足音がした。

「崇継さん！　おかえりなさい！」

少し勢いよくリビングのドアが開き、笑顔の伊織が飛びだしてきた。崇継が用意したもこものペールブルーの部屋着にエプロンを身につけ、お玉をぶんぶん振り回している。

「ご飯できてますよ〜。あ、それともお風呂？　あとは定番の……私もいかがですか！」

鉄格子越しとは思えない、予想もしていなかった平和を通り越していかがわしい発言をする伊織に愕然《がくぜん》とする。「きゃぁ、言っちゃった。恥ずかしい」と頬を染める彼女を奇異の目で見る。

「は……？　なにを言ってるんだ君は？」

さっきまで悩んでいたのはなんだったのか。思わず冷たくて低い声がでた。

「え、なにって？　新婚さんの定番、おかえりなさいですよ。こんなシチュ、現実に滅多にないですからね。やれるときにやっとかないと、もったいないかなと思いまして」

「まさか飲酒しているのか？」

この、わけのわからなさは酔っているのかもしれない。キッチンには食材と一緒に購入した酒がある。監禁された恐怖を散らすために飲んだのかもしれないと思ったが、伊織は不思議そうに目を丸くして首を横に振った。

「酔ってないのに、その言動なのか？　まさか……高熱で頭がおかしくなったか？」

「ちょっと失礼じゃないですか。おかしくないです。いつもこんな感じですよ」

「それはそれで、どうなんだ？」

「もうっ、そんな人を珍獣みたいな目で見ないでください。それよりご飯できてるんで、上がってください。あっ、私がここにいると脱走されないか心配で鉄格子のドアを開けられないとか？　リビングに戻ってるので、安心して入ってくださいね」

そう言うと、踵を返して軽やかにリビングへ戻っていった。まさか監禁している相手から、「安心して」と言われるとは思わなかった。

「昔から少し変わってはいたが、なんなんだ……あれは？　誘拐されたりいろいろあったから一時的に興奮して言動がおかしいだけと思ってたが違うのか？」

それとも、こちらを油断させて脱走を図っているのか。基本、他人を疑って生きてきた崇継は、彼女の不可解な言動に首を傾げながら靴を脱いだ。

リビングに行く前に、鍵のかかる自室に荷物や鉄格子の鍵を置く。少し身構えながらリビングのドアを開くと、味噌《みそ》や醤油《しょうゆ》の美味しそうな匂いがする。

ダイニングテーブルにはご飯と味噌汁の他に、煮物やお浸しの副菜。それから主菜には唐揚げが並んでいた。

久しぶりに見るまともな食事と、なぜこんなことにと困惑しながら、崇継はふらふらと席についた。幻覚でも見ているような気分だ。

「では、いただきま……」

「なぜだ？　どうして食事など用意した？」

「え？　もしかして外で食べてきちゃいました？　なら食べなくてもいいですよ。残りは私が明日にでも食べるので」

見当外れな返答と間延びした声に少し苛つく。

「そうじゃない。あんなことをした……今も君を監禁している男に食事を用意するとは、どういう了見なんだ？」

伊織は口を半開きにした間抜けな顔で、首を傾げる。

「わからないのか？　普通なら私に怯えたり、嫌悪感を持つものだろう。それなのに、こんなふうにもてなして、媚《こび》でも売ったつもりか？　なにを企んでいる」

およそ好意を持たれるようなことをした憶えがない。つい言葉が詰問するようにきつくなる。

経験上、この状況で自分に優しくする人間は信用できない。だいたい罠《わな》で、食事になにか混入している可能性がある。

廃工場で助ける前から、伊織の身辺については詳しく調べていた。彼女がそんなことをする人間ではないとわかっていても、心の底なんてわからない。調べきれなかった部分で、歪みを抱えていても不思議ではなかった。

理解できない言動ばかりする彼女に、警戒心が高まる。このほんわかした調子に引きずられて油断したら、ひどい目にあう。経験による勘がそう告げていた。

崇継は険しい表情で立ち上がると、薬品類をしまったチェストの抽斗を開いて、中身を確認していく。伊織に飲ませた解熱剤などが開封されているだけで、他の薬類は未開封のままだ。それからリビングやキッチンのゴミ箱を漁る。料理に使った食材の生ゴミぐらいで、危険物の残骸もない。

用意した食材や調味料にしても、使い方で危険物になるようなものは購入しなかった。むしろ、普段使わないような珍しい食材と調味料を用意して、下手なことができないようにしておいた。あとは彼女の化粧品や衛生用品だろうが、こちらは食事に入れたら味に影響があるので、食べた瞬間に吐きだせば問題ないだろう。

「あの……もしかして、食事になにか混入してないか疑ってます？」

キッチンについてきた伊織に怪訝な顔で見上げられる。

「どれだけ荒んだ人生を歩んできたんですか？　それとも警察官ってみんなそうなんですか？」

どう返していいかわからず、じっと彼女を見下ろしていると溜め息が返ってきた。

「食事を用意したのは、素敵なものをいただいたことに対するお礼です。崇継さんが用意してくれた食材で作ったので、純粋なお返しになるかは微妙ですけど、悪意などまったくありません」

「お礼？　君になにかあげた憶えはない」

「もらいましたよ。この部屋着とか、その下に入っていた限定本の数々！　あれは素晴らしいものです！」

だんだんと語気が強くなり、伊織は握り拳をつくって身を乗りだしてきた。

「いったい、いくらだして入手したのか知りませんが、ありがとうございます！　もう、ほんとに雄叫びを上げて転がるほど嬉しかったです！　それでなにかお礼ができなかかと思って、でも今の私にできることってご飯を作るぐらいしかなかったのです！」

それから、いかに限定本が素晴らしかったかを語りだした。崇継の帰宅を待つ間に読んでいたらしい。

あの書籍類は、伊織の行動を制限するために用意しただけだ。読書でもしていたら変な気も起こさないだろうし、少しは慰めになるではないかと。だから、お礼をされるようなものではない。

自分が監禁されているという自覚がないのだろうか。危機感とか警戒心とか、どこかに置き忘れてきたのではないか。とうとうと本の感想を述べ続けている伊織に呆れ返る。

「もう、いい。わかったから黙りなさい」

ひんやりとした声がもれ、伊織が怯えたようにびくっと肩を震わせてやっと黙った。

「……失礼しました。つい、興奮してしまって」

「やはり鉄格子で監禁して正解だったな。この調子だと、限定本やグッズを餌にほいほい外に誘いだされかねない。もしくは本の発売日だからと勝手に外出して、君を利用したい人間にさらわれる姿が容易に想像できる」

「ええっ！　そういう理由で鉄格子を設置したんですか？　でもたしかに……それはあり得る話です」

神妙な顔で納得する伊織に溜め息がこぼれる。

鉄格子はやりすぎだとか、嫌われるかもしれないとか考えて落ちこんでいた自分が馬鹿だった。鉄格子だけでなく、鎖で繋いでおきたいぐらいだ。

これはもう監禁ではなく保護だ。

「それはともかく、用意してくださった書籍の中にほしかった新刊もあったので、買いに行けなくて鉄格子の前で暴れる事態にならなくてよかったです」

業者に怪しまれながらも、鉄格子を発注して心からよかったと息を吐く。

「あれらは必要だろうと思ったから用意しただけだ。強引に結婚したことや不自由な生活をさせる見返りみたいなものだから、お礼などは考えなくていい」

「そうですか……でも、嬉しかったです。ありがとうございます！」

ふわっと気の抜けた笑みで、改めてお礼を言ってくる彼女に胸がむず痒くなる。こういうとき、どう返せばいいかわからなくて、無言で背を向けてキッチンをでた。パタパタと小さな足音がついてくる。

「あのっ、どこにいくんですか？　疑いも晴れたようですし、一緒に食べましょうよ」

「いや、いい。外食してきた」

嘘だ。今日は朝から伊織の心配ばかりでなにも食べていない。食欲がなかった。それに、あんなふうに疑ったあとで食事に手をつけるのは恥ずかしい。

けれど、美味しい匂いを嗅いだ体は正直だった。ダイニングテーブルの前にきたところで、腹が間の抜けた音をたてる。その瞬間、後ろからがしっと腕を強く摑まれた。

「今のは、その……」

「ああもう、仕方ないですね。食事の前にちょっとお話しませんか？　私、崇継さんのことぜんぜん知らないので、どうしてそんなに警戒するかも不思議なんです。だから教えてください」

伊織はそう言うと、崇継の腕をぐいぐい引っぱってダイニングテーブルの前に座らせた。

「で、警察って仕事上で食事に薬物とか混入されることがあるんですか？　どんな状況か詳しく！」

目をきらきらさせ身を乗りだしてくる。これは、あれだ。ドラマや小説にあるような話が聞きたいという顔だろう。オタクというのは、こういうものなのか。

「そもそも、公務員はだされた食事を食べない。接待や賄賂になる場合があるからだ。それから、警察や公務員の仕事によってはお茶も飲まないな」

「ああ、倫理規定とかいうやつですね。でも、お茶もですか？」

「相手がこちらに害意や企みがあって、なにかを混入することがあるからだ。警察なら、わかるだろう」

「たしかに。相手が犯人だったら危険ですね」

「あとは、税務署の調査員とか生活保護のケースワーカーも飲まないんじゃないか」

伊織が大きな目を瞬きさせ、首を傾げる。

「税務署はなんとなくわかります。なにかあったら困りますよね。でも、ケースワーカーは？」

「生活保護受給者には危険人物も多い。元犯罪者や元暴力団関係者とかな。女性なら、睡眠薬でも盛られてレイプされた挙句に脅され、不正受給に協力させられたなんて事件もあるぞ」

警察官になったばかりの頃、担当した事件の中にあった。その後も似たような話を何件か聞いたことがあるので、世の中にはこういうクズが多いのだなとうんざりしたものだ。

想像もしていなかったのか、伊織は表情をこわばらせ青くなっている。

養護施設にいたなら、そういう話も聞いたことがあるはずだが。ああいう施設の職員も、訪問先でお茶は飲まないだろう。けれどこの反応を見るに、しっかりと守られていたようだ。汚い話が子供の耳に入らないよう、配慮されていたのだろう。

「そんな……最低です。まさか、崇継さんもそういう目に！」

こちらの懸念とは違うことで青ざめていたようだ。

「なにを想像してる？」

「お顔が綺麗なので凌辱とか……」

「されてない」

怒気のこもった声でさえぎると、伊織は「うひゃぁ！」と変な声を漏らして椅子の上で跳ねた。

「す、すみません。つい妄想を……それじゃあ、どこでそんな目にあったんですか？　あの、実感のこもった警戒の仕方だったので」

心配そうな目で見上げられ、どう答えようか一瞬迷う。話して、あり得ないとか考えすぎだとか言われるかもしれない。どうしよう、と怯える自分がまだ存在していたことに、つい苦笑する。

「子供の頃の話だ。父の後妻がだす料理を食べると、毎回ではないが蕁麻疹《じんましん》がでたりお腹が下ったりしていたんだ。そしてある日、激しい頭痛にみまわれ嘔吐《おうと》を繰り返した。そのうち舌が痺れて意識も朦朧としてきて、まずいと思って自分で救急車を呼んだ」

記憶はそこまでで、次に目が覚めたのは病院のベッドだった。医師から、スイセンの葉による食中毒だと診断された。

後妻は家の庭で以前から花やハーブを育てていた。その中にスイセンとニラがあったらしい。ニラとスイセンを誤って収穫して料理をしてしまった事故だと告げられた。

「医者から、お母さんも悪気があったわけではないから許してあげなさいと言われた」

そう話し終わり伊織を見ると、さっき以上にこわばった顔で固まっている。

「待ってください。自分で救急車を呼んだということは、家族は？　それを誰も不審に思わなかったんですか？」

「あのとき父は仕事で、後妻は赤ん坊の弟と寝室で寝ていたらしい。やってきた救急隊員に、子育てで疲れて寝てしまったせいで気づかなかったと、泣きながら訴えたそうだ。みんなそれを信じた」

「じゃあ、以前からの体の不調は？　医者にそれは言わなかったんですか？」

「もちろん話してみた。家庭の事情も考慮し虐待もあり得ると、児童相談所に通報してくれた」

あの女を許せと言われたのは腹立たしかったが、その後はきちんと対応してくれたのは感謝している。だが、そう上手く事は運ばなかった。

警察の父が介入して、すぐに通告は取り下げられた。体調不良はクミンと寒天の過剰摂取だと調べがついていた。調味料のクミンはハンバーグやカレーに使われていて、寒天は熱いスープに入っていれば固まらず、無味無臭でわからない。

あの女は、健康と美容のために使用した。まさかそんな副作用があるとは知らなかったと、憔悴《しょうすい》した様子で語り謝罪してきた。父は、彼女のうっかりなのだから許してやりなさいと言った。

児童相談所も、家庭でたまに起こる事故で、今回は複雑な家庭事情によるすれ違いだと断定した。実際に相談員がどう思っていたかは知らないが、警察官の父がでてきたことで及び腰になっていたのは子供の自分でもわかった。

それでも食い下がって、あの女への不信感を訴えた。結果は、疑心暗鬼になっているだけや、自意識過剰、神経質すぎると父や周囲から言われただけに終わった。

まるで、言葉の通じない世界に放り込まれたような、苛立ちや絶望感を味わわされた。

「そんな……よってたかって」

伊織が唇を噛み、鼻をすんっと鳴らす。黒目勝ちな瞳を涙で潤ませ、今にも泣きそうだ。

「なんて顔だ」

「だって、ひどいです。そんなふうに言われて相手にしてもらえなかったら、つらいとか苦しいとか言うの怖くなっちゃうじゃないですか。誰にも助けてって言えなくなっちゃう」

ぽろり、と涙が一粒こぼれる。それをきっかけに、伊織はぽろぽろと涙をこぼして泣きだした。

「君が泣くことじゃない。過去のことで、私もいい大人だからもう傷ついてない」

そう言いながら、泣いてくれる彼女に嬉しくなっていた。緩みそうになる口元に力を入れ、ハンカチで涙を拭ってやる。

「昔のこととか関係ないです。世の中には時間がたっても治らない傷がたくさんあります。むしろ時が解決しないことのほうが普通なんですよ」

なぜかぷんぷんと怒りだし、過去に傷ついた経験が選択肢を狭めたり、選択を誤るきっかけになったりする。だから、いい年して過去を引きずってても当然のことだと力説しだした。

そう言われるとそうかもしれない。実際、自分もこの話をするのに躊躇した。話したあと、伊織がどう反応するか怖かった。

「ありがとう。そう言ってもらえただけで、救われた気持ちになるな」

するりと素直な気持ちが言葉になってこぼれた。無意識にこわばっていた顔の筋肉まで、ふわっとほどけて柔らかくなるのがわかった。

「うわあぁ……破壊力のある微笑み」

意味のわからないことをつぶやきながら、伊織が頬を染める。泣いたり赤くなったり、よくころころと表情が変わるものだ。

「それで、そのあとは食事はどうなったんですか？」

やっと涙が引っ込んだ伊織が、つらそうに瞳を揺らす。

「父がクレジットカードを渡してきた」

「さすがに家で食事ができなくなって痩せ細り、今度は栄養失調で病院に運ばれた。そうしたら、これ以上恥をかかせるなと言って、これで適当に食べ物を買うなり外食するなり好きにしろと」

「え？　なんで？」

こぼれ落ちるのではと思うぐらい目を見開き、椅子を蹴って立ち上がった。

「はぁ！　なんですかそれ！　もしかして、お父さんは後妻が故意にやったってわかってたんじゃないですか？」

その通りだ。父はわかっていて、あえて息子の訴えを無視した。嫁可愛さというわけでもなく、ただ単に自身の出世に影響がでるのを嫌っただけだ。

「落ち着きなさい。前に話しただろう。父は身内の罪を隠蔽する人間だと」

「そんな、警察なのに……？」

「警察だからだ」

呆然とする伊織の手を引いて、椅子に座らせる。

「警察官は正義の味方ではない。職業だ。そのへんの疲れたサラリーマンと変わらないし、面倒な仕事はしたくないし、上には逆らえない。そんなものだ」

もちろん、まともな警察官もいるが、正義感だけではどうにもならない。上下関係に厳しい構造でもあるので、上から圧力がかかれば真実など簡単に捻じ曲がる。崇継への虐待も、そうやってなかったことになった。

だが、そのおかげで幼い伊織と出会えた。悪いことばかりではなく、クレジットカードのおかげで行動範囲やできることが広がったので、そこだけは父に感謝している。

その父は今、素行の悪い異母弟の尻拭いで大変らしい。隠蔽にお金がかかり、これ以上の出世もないと聞いた。いい気味である。

「とにかく、そういうわけで警戒した。君が悪いわけではなく、私が誰かの手料理を食べることに抵抗があるだけだ」

自分に関係しない人間が作る外食やテイクアウトなら大丈夫なのだ。たしか書斎に携帯食がある。今夜はそれを食べようと立ち上がりかけたところで、袖をぐっと掴まれた。

「じゃあ私と一緒に食べましょう。私が先にかじったものなら安心して口にできるんじゃないですか？」

「いや、そういうことじゃ……」

「間接キスになりますが、今さらですよね。他の部分で接続した仲ですし」

明け透けに続ける彼女に絶句する。言葉遣いは丁寧なのに、時々とんでもないことを言いだすから呆然とさせられる。その隙に、腕を引かれ椅子に戻された。伊織は素早く自分の椅子と食事を隣に移動させる。

「では、いただきましょう！」

なぜか元気よく拳を振り上げ箸をとる。行儀が悪い。

止めようかと思ったが、毒気を抜かれて返す言葉も思いつかなかった。それに伊織の手料理なら食べられる気がした。

「まずは、私が一口ずつ毒見しますね」

崇継の側にある味噌汁を手にして一口飲むと、ほわっ、と満足げな笑顔をもらして汁椀を押しつけてきた。問題ないから飲めというのだろう。食べるまで引かなそうだ。面倒だなと思いつつ口をつけ、目を見開いた。

味噌汁とは、こんな美味しかっただろうか。まともなものを食べていなかった荒れた舌に、染みわたるような深い味がする。

「美味しいでしょう。きちんと出汁をとったんです。暇だったから」

ふふん、と伊織は得意げに鼻を鳴らし、次は唐揚げを一口かじった。

「うん、美味しい。私、天才じゃん」

自画自賛したあと、そのまま「はい、あーん」と言って唐揚げを崇継の口元まで持ってきた。

「待ちなさい。自分で食べられる」

しかめっ面で顔をそらすが、伊織はあきらめる気がないようで、ぐいぐいと唐揚げを押しつけてくる。

「さあさあ、遠慮なさらず！　ここは定番のあーんをしないともったないですよ！　そっちこそ私にあーんイベントしたんですから、おあいこです！」

なにが、もったないのか。お帰りなさいの定番もそうだが、伊織にはよくわからないこだわりがあるようだ。

「やめろ。意味がわから……ぐっ」

腕を掴もうとしたがそれより早く、開いた口に唐揚げを突っ込まれた。それほど大きくなかったので一口で入ったが、なにをするのだと睨《にら》みつけ、手で口を隠して咀嚼《そしゃく》する。

「どうですか？　唐揚げには自信あるんですよね。推しの好物が唐揚げで、一時期、毎日のように唐揚げを作って研究してたんです。いつか食べてもらえる日を妄想し、推しのバースデーをお祝いするためにも頑張ったんですよ」

唐揚げはたしかに店でだされても不思議ではない味だった。カリッとした衣に、噛むと中から肉汁があふれてくる具合がちょうどよくて美味しい。だが、唐揚げ作りを頑張った理由が気に食わない。

「……君の、その推しとは芸能人とかなのか？」

アニメ、マンガなどの二次元が好きなのは調査済みだったが、現実で唐揚げを食べてもらえる可能性がある相手なのか。そんな推しがいるという情報はなかった。

苛立ちのまま視線を鋭くすると、「ひいっ！」と悲鳴を上げて伊織が笑顔をこわばらせる。

「な、なにを怒ってるんですか？　私、ナマモノには興味ありませんよ」

「ナマモノ？」

「芸能人とか三次元の人ですね。私は二次元だけが好きです。唐揚げ好きの推しはソシャゲのゲームキャラですよ。バースデーイベントのガチャがあって、そのときにお祝いとお供えを兼ねて、スマートフォンに映る推しキャラの前に唐揚げとケーキを用意したんです」

「そんなことを……？　要するに一人で推しキャラの誕生日を祝ったと？」

なんだか悲しい現実を知らされてしまった。だが、それはそれとして非現実の分際で祝ってもらえる推しキャラが憎い。

「楽しいのか、それは？」

「そんな、可哀想な子を見るような目をしないでください。私が楽しければ、世間体なんてどうでもいいんです！　他人の評価より自分の幸せです！」

「そうか……ならいい」

苛立ちがすうっと引き安堵《あんど》したが、すぐにまた違う不安が首をもたげた。

「なら、なぜ抱かれた？　二次元だけでいいのだろう？　私と関係を持って、不快ではないのか？」

「そ、それはですね……なんというか」

伊織は箸を持ったまま膝に手を置き、視線を伏せて頰を染めた。そこに不快な表情はなく、ただ照れているだけに見えた。

「お酒のせいで少し舞い上がっていたのもありますが、合意の上でしたよね？　少なくとも私は、自分で選択した結果なので後悔はしてません」

迷いなく言い切る彼女は、どこか本心を隠しているようにも見えた。嫌がられていないならいいが、なにか引っかかる。

真意を探るように、じっと見続けていると、居心地悪そうに視線をさ迷わせ始めた。

「……まあ、ほら。一生経験ないまま終わるより、二次元妄想するときの解像度が上がりそうだったから体験してみたかったというか……。だから気にしなくていいですよ」

しどろもどろに発せられた言葉が軽く胸をえぐる。

「そうか、解像度か……」

オタクだからこうなのか。頭が痛い。ついでに胸もじくじくと痛む。

こちらの責任のほうが大きいはずなのに、弄ばれた気分だ。自分の想いの重さが嫌になる。さっき感じた幸福感がしぼんでいく。

「あ、あの、次は煮物はどうですか？　こっちも美味しくできたんですよ」

空気が剣呑になったのに気づいたのか、話題を変えようと小鉢をすすめてくる。また「あーん」を強要しようとしてくる手から小鉢を奪った。

「自分で食べる。君も食べなさい」

それから気まずい雰囲気の中、食事を終えた。

向かい合って座っていなくてよかった。こんなに自分の感情に振り回され、彼女の受け答え一つで不機嫌になるなんて情けない。しかも気をつかわれている。

説明しなければならないことがたくさんあるのに、崇継はその夜、すべてに背を向けて鍵のかかる自室に逃げ込んだのだった。

5

気まずい一夜が明けて、朝。伊織がこりずに朝食を二人ぶん作ってダイニングテーブルに並べ終えると、ドアの開く音がした。

入ってきた崇継はネクタイをしていないだけで、朝からきちんとした服装だ。シャツのボタンは上まできっちりとまっている。ただ、眼鏡の下に隈が見える。眠れていないようだ。

「あ、おはよう……なにをしているんだ？」

「おはようございます」

「なにって、朝食作りました。食べましょう」

昨夜のことはなかったように笑って、リビングのドアの前で固まる崇継に駆け寄る。

「お腹、空いてないですか？」

見上げた崇継は無表情だが、目の奥に戸惑いが見える。

「もしかして、朝食は食べない派ですか？　それなら気にしないでください。こっちが勝手に作っただけですし、崇継さんのぶんはお昼に食べます。飲み物は自分で好きなものをだしてくださいね」

なにかもの問たげな視線を感じるが無視して、自分の言いたいことだけ並べ立てる。

こちらから昨夜のことを切りだしてほしいのかもしれない。プライドが邪魔して、自分から仲直りを言いだせないタイプなのだろう。面倒くさい。

昨夜、崇継がなにに苛ついたのか、さっぱりわからなかった。わからないけれど、自分が悪いとは思えなかったし、彼が不機嫌になるのは彼の勝手だ。こちらが悪いなら、その理由を話してほしい。察してほしいとか、なにも言わずにご機嫌をとってほしいというのは我が儘だろう。そういう甘えに振り回されるのは嫌いだ。

もちろん自分が空気を読めていないせいもあるだろうが、価値観や育ちが違えば読める空気も別物なのだから仕方がない。

「じゃあ、食べたかったら食べてくださいね」

無言で眉間に皺を寄せた崇継を残して席につく。

朝食は、ベーコンエッグとサラダとコーンポタージュ。それとパン。ありがちなメニューだが、素材は高品質だ。冷蔵庫に入っていたお高そうなベーコンと卵は、ただ焼いただけなのに驚くほど美味しかった。料理の腕より素材の質か、と少しだけ虚しくなったが、美味しいは正義だ。

すぐに上機嫌になって、朝食をたいらげていく。その向かいには、自分でコーヒーをいれた崇継が座る。とても辛気臭い表情でマグカップに口をつけていた。

自覚はないのだろうが、威圧感がすごい。高身長な美形の不機嫌オーラは近寄りがたいものがあり、普通なら耐えがたくて逃げるか、ご機嫌取りに回るのだろう。そういう人たちに囲まれて生きてそうだ。放っておくとモラハラやパワハラに進化するだろう。

けれど、こういう生き物を施設ではよく見てきた。小さい子供がそのまま育つとこうなるんだよね、と心の中でぼやきながら厚切りにした高級生食パンをちぎる。肌理が細かく、ふわふわで美味しい。

初対面は、輪姦未遂後だったり結婚を強要されたりと散々で、こちらも混乱していて崇継の雰囲気にのまれて怯えたが、もう怖くない。酔った崇継の素の言葉を聞いたし、お互いをさらけだして快楽にも溺れた仲だ。彼の根の部分がとても繊細で優しいのは理解した。ついでに限定本やグッズを入手してくれたので、好感度が高い。すべてを許せる。許そう。

というわけで、目の前でどんどん険のある顔つきになっていく崇継を見ても、どうということもなかった。強面の大型犬が拗ねているようで可愛い。ちょっとだけ絆《ほだ》されそうだ。

こちらから話しかけて、気持ちをほぐしてあげようかなんて思ってしまうのは、監禁や誘拐などで拘束されている被害者が、加害者に協力的になったり好意を抱いてしまう心理状態――ストックホルム症候群にでもなっているのだろうか。一応、監禁されている身なのであり得る。呑気にしているが、鉄格子はかなり衝撃的だった。

「あの、私のスマートフォンや誘拐されたときに持ってたバッグってどうなりました?」

とりあえず知りたかったことを聞いてみる。答えやすい内容を選ぶ自分は優しい。

「それらは、あとから回収させて私が預かってる」

廃工場から回収したあとに誘拐犯は処分されたのだろうか……考えるのはやめよう。

「返してもらえるんですか？」

「バッグはかまわないが、スマートフォンはＳＩＭカードを抜いた状態でなら返せる」

ＳＩＭカードを抜かれたら通信ができない。この場所に届く無料Ｗｉ－Ｆｉもないだろうし、あってもパスワードがわからないので、外部と繋がるのは難しい。

「さすがに誰にも連絡しないで、行方不明状態なのはまずいと思うんです。いくら夏季休暇で大学の心配はないとしても、お世話になっている施設の職員とか幼馴染が心配して騒ぎます」

つい崇継の立場を慮るような言い回しになり、やはりストックホルム症候群に罹患《りかん》している気がする。

「そちらのほうは既に連絡してある。施設で君の後見人だった森院長に面会し、話せる範囲で事情説明して保護していると告げた。だが、結婚については話していない。他の者には彼女から、知り合いの家で住み込みのバイトをしていると話しているはずだ」

児童養護施設の院長、森《もり》サチ子《こ》は親も親類もいない伊織の未成年後見人で、成人するまで亡き母からの財産を管理してくれていた。母とは親友だったそうだ。彼女は、一年ほど前から施設の院長の座についている。

森なら、幼馴染や他の職員に騒ぎにならないよう取り計らってくれているだろう。

それにしても完璧な根回しだ。やはり用意周到に監禁されている。そう簡単にここから逃げられないだろうし、今のところ逃げる気は起きなかった。

こちらに視線を向けずにコーヒーをすする崇継の顔色は悪い。寝不足と低血圧なのだろう。

「なら、心配ないですね。ところで、この監禁生活はいつまで続くんですか？　大学が始まってからも続くなら、そっちもどうにかしないとですよね？」

「なるべく早く決着をつけるようにはする。大学が始まった場合は、休学にする。その間にかかる費用はこちらですべて持とう」

「あの。私、大学独自の授業料免除の制度を利用しています。長期休学になると、この制度が利用できなくなる恐れがあります。一応、成績優秀者なので再申請が通る可能性はありますが……」

伊織は四年制大学の社会学部に所属している。早生まれなので今は大学三年生で、ここで授業料免除がなくなると残りを自費で負担することになる。実は、五歳のときに亡くなった母の遺産がかなりの額があり、大学費用ぐらいなら余裕でだせるが、自分の過失でもないのに自腹で支払いたくない。

そもそも頼れる親がいない身だ。なにかあったときに役立つのはお金しかない。余計な出費は控えて節約生活し、推しに貢ぎたい。

それに、びっくりするような遺産額なのだ。母一人の稼ぎとは思えない。名前も知らない実父からなのかもしれないが、貯金を管理してくれていた森に聞いても教えてはもらえなかった。

だから、あのお金はなるべく使いたくない。使ってはいけない遺産なのでは、という疑惑がある。

それはともかく、きっと母の遺産額も崇継は知っているだろう。その上で、費用を持つと言ってくれる誠実さだ。きっちり交渉して、もらえるものはもらっておきたい。

「わかった。大学側とも私が事情を話して交渉しよう。再申請が却下される場合は、大学卒業までの学費と生活費を保証する。事件が片づけば婚姻の継続も必要なくなる。そのとき離婚で発生する慰謝料に上乗せするとしよう」

崇継がきちんと対応を考えてくれていることに安堵すると同時に、離婚という言葉に胸が重くなる。まだ、数日しか一緒に過ごしていないのに離れがたく感じて唇を噛む。恋でもしているようだ。

これがストックホルム症候群の威力か。やはり恐ろしいな、と痛む胸を押さえた。

「それから、口約束だけでは心配だろう。この取り決めについては専門家を挟んで契約書を作成し、必ず守るようにする。それで、どうだろうか？　安心できたか？」

ちらりと視線を向けた崇継は、不安げな伊織の様子を勘違いして、法的に手続きして保障してくれるという。どこまで誠実なのか。これだから、絆されてしまうのだ。

もちろん保障してもらえるならしてもらう。謙虚さより、お金が大事だ。

「いろいろと、ありがとうございます。そこまでしてもらえるなら、私に不満はありません。ここで大人しく監禁生活を満喫いたします！」

握り拳でそう宣言すると、崇継が怪訝な表情になる。そんな彼に笑顔を向け、さらなる要求を突きつけてやった。

「ただ、やっぱり監禁を満喫するとなると通信環境は最重要です！　外部と勝手に連絡をとったりしないので、ＳＩＭ入りスマートフォンとＷｉ-Ｆｉ環境を要求します！」

「監禁を満喫するって……言っていることがおかしい。どこから突っ込めばいいのか悩むような要求だな」

学費でこれだけ配慮してくれる人のよさだ。伊織に後ろめたさを感じているだろう今、それを利用してガンガン攻めたい。一度、インターネットの便利さを知った人間が、それなしで暇をつぶすのは難易度が高い。テレビだって怖くてしばらくは視聴できないのだ。

そしてなにより、通信できるスマートフォンがどうしても必要だった。

「いくら森院長に根回ししたといっても、私と連絡できなくなったら友達が怪しみます。特に幼馴染が心配して、勝手な行動をとるかもしれません。ＳＮＳで行方不明者として投稿され、顔写真つきで拡散されたらどうするんですか？　崇継さんの計画にも支障がでるのでは？」

なるべく有利になるよう、外部と連絡できないデメリットを畳みかける。崇継もその心配があるのか、難しい顔になる。

「なのでそうなる前に、私から幼馴染に連絡します。住み込みバイトの設定は守りますし、会話内容も見せます。スマートフォンのパスも教えるので、毎日、内容を確認してください」

トークアプリの会話内容やメールを読まれてもかまわない。伊織の個人情報漏洩なんて今さらだ。

崇継がいない間に電話で会話されたら確認できないなどの懸念はあるけれど、そこは信用してもらいたい。伊織も事態を引っかき回してまた誘拐されたり、冤罪で警察に捕まりたくなかった。そのへんを力説する。

「だからお願いします！　通信できるスマートフォンを返してください！」

身を乗りだして必死に頼み込む伊織に、崇継は胡乱な目を向ける。

「……君にとっても、ここで守られているほうがいいと理解してくれているのはわかったが、そこまで必死なのはなぜだ？」

ほしいものなら発売日に手に入るよう手配するが、と崇継が疑わしそうに目を細める。

伊織は握った拳に、ぐぐっと力を込めた。

「それはですね……推しのいるソシャゲで限定イベントガチャがあるんです！　推しのSSRがほしいんですよ！」

もうイベントは開始している。こればっかりは、崇継に頼んで手に入るものでもないし、代わりにゲームをしてもらっても意味がない。推しキャラのＳＳＲカードに不随するストーリーは通信環境がないと読めないのだ。

しかもここ数日、ログインボーナスだってもらえていない。今すぐにでもゲームがしたい。重課金勢ではないので、地道にイベント周回だって必要だ。監禁されて時間を無駄にしたくなかった。

懇願するように崇継を見つめる。不憫な子を見るような目をしたあと、眉間の皺を深くし瞼を閉じて頷いた。

「わかった。ＳＩＭカード入りのスマートフォンの所持を認めよう。Ｗｉ‐Ｆｉ環境も整える」

快適である。大変快適で、このまま一生監禁されててもいいかなと伊織は思い始めていた。

伊織の訴えを受け入れてくれた崇継は、すぐにＳＩＭカード入りのスマートフォンを返してくれて、Ｗｉ‐Ｆｉのパスワードも教えてくれた。

それと、誘拐のとき取り上げられた伊織のバッグは、無事に戻ってきた。ただ、犯人の男たちに奪われた通帳とキャッシュカードはなかった。彼らと一緒に廃工場で燃え……考えたら負けだ。

ともかく、スマートフォンが無事に戻ってきたのだから充分だ。それとは別に、タブレットとクレジットカードも渡された。

なにかと思ったら、冷蔵庫の中身が高級ではあるが偏っていて使いにくい食材ばかりだと文句を言ったので、なら自分でネットスーパーで注文しろということだった。届いた品は、マンションの一階でコンシェルジュが受け取り、冷凍、冷蔵以外のものは玄関前に積んでおいてくれるという。崇継が帰宅したら、それらを鉄格子の中に運び込んでくれることになった。

冷凍や冷蔵の荷物に関しては、コンシェルジュのいるフロントにある冷蔵庫で保管しておいてくれるそうだ。

他にも、書籍やグッズ、日用品など、ほしいものがあればネットで購入するよう言われた。ネット上で購入できないものがある場合は要相談となった。

視聴できるのが地上波だけではつまらないだろうと、伊織が希望した動画配信サービスの契約もしてくれた。アニメが見放題になった。

それから数日、伊織は監禁生活を満喫していた。崇継ともだいぶ打ち解けたと思う。基本的に難しい顔をして、こちらの言うことに溜め息ばかりついているが、話を最後まで聞いてから良し悪しの判断をしてくれる。偏屈なのと、顔面のせいでいろいろな誤解を受けていそうな彼だが、根は真面目だ。

最初は警戒していたが、伊織の手料理も食べてくれるようになった。朝食も少しずつ食べるようになって、顔色もよくなったように見える。ただ、隈は相変わらずだ。

夜中に喉が渇いて目が覚め、キッチンにいったときのこと。崇継の部屋から叫び声が聞こえた。どうやら、うなされているらしい。

夢見が悪いのかと軽い調子で聞いてみると、彼の自室にはベッドがないことがわかった。ソファはあるが、仕事の資料などがあふれていて、まともに寝るスペースがないと聞いて驚いた。

それなら一緒に寝ようとしつこく言い募って、とうとう昨夜、ベッドに引きずり込んだのだが、今朝もやっぱり寝不足気味の顔で出勤していった。他人が一緒だと眠れないタイプかもしれないが、朝方、ベッドを抜けだすときに熟睡しているのは確認した。

どうしたものかと、夕飯を作りながら考える。自分ばかり快適な暮らしをさせてもらって、さすがに申し訳ない。崇継は、こちらが行動を制限しているのだから気にするな、お礼などいらないと言うが、なにもしないのは座りが悪い。

うーん、うーん、と唸《うな》りながら夕食を作り終えると、ぱっとひらめいた。同時に、鉄格子が開く音が聞こえた。崇継だ。

彼は毎日、定時で帰宅する。スマートフォンを返却されたとき、トークアプリで彼と友達登録もした。いつ帰宅するか教えてくれるので、夕食を作りやすい。

警察の仕事は時間が不規則なのではと不思議がったら、入籍したばかりなのと、引っ越しで妻が体調を崩して寝込んでいるからと周囲に言っているそうだ。おかげで、定時帰宅を認められ、伊織の取り調べも引き延ばすことができているという。

今は時間稼ぎをしている最中で、根回しがすんだら取り調べがあるらしい。普通なら、いくら任意でもこんなに間は空かないそうだ。警備部局長の息子の嫁という肩書のおかげで忖度《そんたく》されている。

「……ただいま」

ダンボール箱を抱えた崇継が、口の中でぼそぼそと帰宅の挨拶をする。今まで「ただいま」と言ったことがなかったらしく、照れくさいようだ。なにも言わずに帰宅して伊織を驚かせてから、挨拶してくれるようになった。

「おかえりなさい。荷物、ありがとうございます」

箱の中身は食材だ。崇継が食事をちゃんと食べるようになってから、食材の減りが早くなった。思ったより、彼はよく食べる。警察の仕事はカロリー消費が激しいみたいだ。

食費が減ったと言っていたので、今まで外食でかなり使っていたらしい。

二人で席について、「いただきます」を言って夕食にする。最初はぎこちなかったが、もう慣れたものだ。まるで夫婦。肉体関係はあの夜からないので、夫婦というより同居人かもしれない。

食事のあとは少し雑談したり、崇継は持ち帰った仕事をするので書斎に引きこもる。それからお風呂に入って就寝という流れだが、今夜も一緒に寝るために、崇継を浴室の前で待ちかまえることにした。主寝室にあるバスルームですでに入浴ずみの伊織は、オーバーサイズのTシャツにハーフパンツ姿だ。

今夜は、気持ちよく寝かしつけてあげよう。それが思いついたお礼だ。

浴室のドアが開く。濡髪をタオルで拭きながらでてきた崇継は、ゆったりとした部屋着姿で、いつもみたいに首元までボタンが留まっていない。隙間からのぞく風呂上りの肌を、薄っすらと上気させていて大変色っぽかった。

眼鏡をかけていないせいで、焦点の合っていない目からは普段の険の強さがない。疲れた表情と目の下の隈も、彼の整った容貌を艶めかせるのに一役買っている。

「……なんだ？」

見惚れてしまった伊織は、不機嫌そうな声と眇められた目にはっとする。そしてつい、ど直球で言葉を発していた。

「お疲れですね！　オッパイ揉んでみませんか！」

「は……っ？」

話の持っていき方を間違えたと気づいたのは、凍えるような声が返ってきてからだった。けれどすぐに、「まあ、いいか」と切り替えた。

耳を疑う言葉に、崇継は思いっきり顔をしかめた。

「君は痴女か？」

「違います！　そうじゃないんです。ちょっと誘い方を間違えました」

「誘い……」

それは、そういう意味なのか。先日、彼女を抱いたときの艶姿が脳裏にちらつく。視線もつい、その体へと流れる。

急いできたのか、伊織の長い黒髪は生乾きだ。若くて張りのある健康的な頰に濡髪が貼りつき、普段は前髪に隠れている額が露わになっている。それだけでも妙になまめかしく、情事を思い出させる。

拭き残しの水滴が伝う首筋に嚙みつきたくなる衝動を抑え、だぼっとした襟ぐりからのぞく鎖骨に唾をのみ込む。大き目の黒いTシャツは体の線もわかりにくく透けてもいないが、下着をつけていないのか、乳房とその先端が布を押し上げる様《さま》に目が吸い寄せられる。

触れてもいいのだろうか。あの夜に重なった彼女の熱を忘れられない。もう一度、いや何度でも抱きたいと、ずっと欲が渦巻いていた。

けれどあれは、同意ではあっても一夜限りのものだ。お互い酔っていたから起きたことであり、結婚も偽装。これ以上は求めてはいけないと自戒していたのに。自制心がぐらつき、ふらふらと手を伸ばしかけた。

「あのですね、仕事でお疲れの男性を癒すのはオッパイが効果的と聞いたのです」

上がりかけていた腕がぴたりととまる。なんて話をどこで聞いたのだ。

「崇継さんは、出会ったときからお疲れの様子ですし、今は私のせいでいろいろ無理をさせてしまっているではないですか？　それなのに私は、毎日快適な監禁暮らしでしょう。少しでもなにか返せないかなと思って」

快適な監禁暮らしとはなんだ。いくらひどい扱いはしてないとはいえ、もう少し危機感はないのか。うっかり欲望にかられて触れなくてよかった。新手の罠だな。

「お礼はいらないと言われましたが、やっぱりなにかしたくて……でも、提供できるものなんて私の体しかないでしょう。一度やってしまっているし、オッパイぐらいどうということもないかなって」

とんでもないことを言っている自覚があるのかないのか。頭が痛い。

「なので、どうですか？　揉んで癒されてみませんか？」

上目遣いで、胸を寄せて上げてみせる。襟ぐりからのぞく谷間から目をそらした。

たぶん揉むだけで、それ以上のことは含まれていないのだろう。思いついてもいなさそうだ。揉むだけで終わる自信がない崇継に対して、あんまりな誘いではないか。

「……誰から聞いた？　そのとんでもない理論」

無視して自室に引きこもり、鍵をかけたい。だが、放置して変なことをされても困る。無意識に崇継の理性をぶち壊しにくるかもしれない。今だって、かなりぐらついている。

「ＳＮＳでリツイートされてたんです。オッパイ揉むと男の人は元気になるって」

恐らく彼女の思う元気と、その元気は意味が違うのではないか。

「今すぐそのＳＮＳを退会しろ」

「え？　嫌ですよ」

「ネットの情報を一般化するな。そういうのは人それぞれだ」

「駄目ですか……崇継さんはオッパイでは癒されないんですね。残念です」

癒されるより、悶々《もんもん》としそうだ。

「もう寝なさい。はぁ、疲れる……」

思わず本音がぽろりとこぼれる。額を押さえ、自室へ足を向けた。

「待ってください！　疲れてるなら、ちゃんとベッドで寝ましょう！」

ぎゅうっと腕を摑まれ、ふわふわとしたものを押しつけられる。叫びそうになった。勘弁してほしい。

昨日、一緒に寝てしまったことが悔やまれる。定時で帰宅するために、かなり無理して仕事を詰めこんでいるせいで疲労が溜まっていた。おかげで言いくるめられなくて、伊織から発せられるこのわけのわからない押しの強さに負けた。そして落ち着かないと思ったのに、明け方にはぐっすり眠っていた。

おかげで今日は割と元気だ。疲れで寝落ちできそうにないので、添い寝などしたら理性が持たない。

「……他人と寝るのはやはり向かない。眠れたが、体が緊張していたらしく肩がこったので遠慮する」

適当にあしらって逃げようとしたが、腕を摑む手に力が入る。ふわふわにめり込む。気持ちよくて振り払えないのでやめてもらいたい。それにこの体勢、手の甲が彼女の脚の間に触れそうで、変な風に力が入る。彼女から手の甲を離そうとすると、肘がさらにふわふわとしたものに包まれた。藪蛇だ。

「じゃあ、私はリビングのソファで寝るので、ベッドを使ってください」

「放しなさい。女性をソファで寝かせて、自分だけベッドで寝られないだろう」

「それは男女差別です」

「差別ではなく性差の話だ。男の方が丈夫なので、そのへんで寝ればいい」

「仕事で疲れている人が優先です。なんなら私は昼間ベッドで寝て、夜は起きていることにするので気にしないでください」

こちらの劣情をまったく理解しない伊織との押し問答に苛つく。

囲って危険から遠ざければ安心できると思っていた自分が馬鹿だった。己がもっとも危険な存在だ。

「もうっ、どうしてそう強情なんですか！　無理はよくありません！」

こちらが悪いような言い草に腹が立つ。そこまで言うなら、付き合ってもらおう。そして己の警戒心のなさを思い知ればいい。

「わかった。ベッドで寝ればいいんだな」

崇継は冷たく言い放つと腕を振り払い、驚いて目を丸くする伊織を抱き上げた。

「きゃぁ……！　え、な、なんですか！」

主寝室へ向かう。足でドアの隙間をこじ開け、伊織を抱いたままベッドに座る。

「あの……ンッ、ンン！」

よけいなことを言う前にキスで口をふさぐ。逃げられないように後頭部を抱え、顎を掴んで舌をねじ込んだ。突然のことに怯えて逃げる舌に舌をからめ、深く唇を合わせた。

繰り返し角度を変えて口づけ、彼女の熱い口腔をまさぐる。二人の間で唾液が行き来し、濡れた音が部屋に満ちる。のみ込む彼女の吐息を甘く感じるほど、その唇に溺れた。

抵抗するように胸を叩かれる。弱すぎて痛くもない。さらに口づけを深め、貪った。そのうち硬かった体から力が抜け、小さな手が縋るようにシャツを摑んできた。

「ん……っ、ふぁ……ッ」

口づけから解放すると、伊織の喉が甘く鳴いた。赤く濡れ、腫れぼったくなったその唇を軽く食んでから、やっと顔を離せた。

とろんとした目がこちらを見上げている。乱れた吐息も、すべてが崇継を誘っていた。我慢できずに乳房を揉みしだき、後ろから抱きかかえる。下着をつけていない胸は柔らかく、崇継の手の中で形を変えた。指が沈み込む感触に興奮する。たしかに疲れがとれるかもしれない。

「いやぁ……んっ！」

「そっちから揉まないかと誘っておいて、嫌はないだろう」

「だ、だって……ふぁッ、あぁっ！」

耳裏を舐め、うなじに嚙みつき、吸い上げる。膝の上の体が、耐えるようにびくびくと震えるのが愛らしい。もっと悪戯したくなる。途中でやめる自信がなくなってきた。

「君が悪い」

こちらが耐えているのに、妙な誘いをかけてくる。監禁している相手に、やたら世話を焼きたがり、毎日食事を作って笑顔で迎える。そんなことをされたら、どんどん手放せなくなる。事件が決着したらと約束したのに、新たな罠にはめて一生監禁しておきたい。

「ひゃぁンッ！　あっ……だめ」

Tシャツの裾をたくし上げ、手を入れる。嫌がるように、伊織の手が腕に縋りつく。

「邪魔だ。抵抗するな」

まとわりつく手を無視して、吸いつくようなしっとりとした肌に指をすべらせ、下からすくうように乳房を撫でる。体の割に大きい胸は、崇継の掌からこぼれるように指に食い込む。たわむ下乳を弄び、尖ってきた中心を指でぐりぐりと嬲った。

「あんっ……！　あぁ、やっ……ちがっ。ふ、服の上からのつもりで……」

「そんな話は事前に聞いてない。だいたい、服の上から揉むだけで終わると、本気で思っていたのか？」

鼻先で笑い、首筋に舌を這わす。風呂上りの石鹸の香りにますます欲がふくれ上がった。

「ひっ、あぁ……ぁ、う。でも、寝るんじゃなかったんですか？」

「寝る前に癒してくれてもいいだろう？　無防備に誘惑したことを反省しなさい」

「え……誘惑？」

「だいたい、君が視界に入るだけで触れたくてたまらなくなる。そのせいで落ち着いて眠れないし、だからといって周囲に新婚と偽装してる身で、他所で生活するわけにもいかないのに、ああいうことをするな」

　みるみるうちに、伊織の白い肌が赤く染まる。やはり性的に誘惑した自覚がなかったのだ。胸を揉ませるだけで癒せると思うなんて、男の欲をなんだと思っているのか。なにも考えてないのだろうな。

「はぅ……っ、そっか。そうですね。そうなりますよね……こう、縫いぐるみとかクッションとかを揉んで癒されるような……」

　語尾が小さくなり、真っ赤な顔を隠すようにうつむく。そうやって腕の中で縮こまる姿に嗜虐《しぎゃく》心がそそられる。

　硬くなった乳首を少し強くつねり、指の腹でこする。とたんに甘い声を上げる素直な体を、もっといじり回したい。

「縫いぐるみを揉む趣味はないし、一度やったのだから、どういうこともないのだろう?」

　伊織が言ったことを曲解してやると、膝の上で「そうじゃないけど、そうかも」となにやら狼狽えていたが無視をして、ハーフパンツへ乱暴に手を突っ込む。

「きゃぅ……っ、そ、そこは……はぁ、ンッ!」

　慌てて閉じようとする太腿の内側を撫でる。びくんっ、と震えて力が緩んだところに手を差し入れ、その奥へ触れた。

「濡れてる。ちゃんと感じているじゃないか」

耳元でそう揶揄《からか》い、ショーツの横から指を挿し入れる。口づけと胸への愛撫だけで、そこはとろとろになっていた。

「はっ、あぁ……いれ、ちゃ……ッ！　いやぁ、ンッ！」

指がずるりと簡単に入った。少し狭い感じもしたが、すぐに本数を増やし、広げるように中をかき混ぜる。

「あん、ああぁぁ……だめぇ、ひゃあぁ……ッ」

邪魔なハーフパンツとショーツを引き下げ、指を深くまでくわえさせた。ぐちゅんっ、と奥を突かれた伊織が息を乱して身悶《みもだ》える。その痴態が愛らしくて、犯す指の抽挿を激しくする。

時折、指を引き抜き、肉襞の中でぷっくりと膨らんだ花芽も愛撫する。こすり上げ、押しつぶして指で挟み込む。その悪戯で、伊織が達しそうになると手を引き、うねる中へと指を戻す。何度も繰り返すうちに、ぐちゅぐちゅと音をさせながら、蜜口が緩んでくるのがわかった。

もう片方の手では、乳房を愛でる。ぷるんとした弾力や重さを楽しみ、肉芽を悪戯するのに合わせて乳首をぎゅっと摘まむ。いやいやと首を振りながら伊織が喘いだ。

「あっ、ああぁ……！　ふぇっ……そ、そんなふうにしちゃ、やぁ……」

摘ままれた痛みと快感で、黒目勝ちな瞳を潤ませる。舐めたくなるような目だ。その衝動のまま、彼女の目尻やこめかみに口づけを落とす。

　最早、潮時がわからなくなっていた。軽く警告するつもりが、予想通りに手放せなくなっている。彼女とて、途中でやめられたらつらいはずだと、勝手な言い訳をして、その柔らかい臀部《でんぶ》に硬くなったものを押しつけた。びくんっ、と華奢な体が跳ねる。

「君のせいなのだから、責任をとりなさい」

　脅すように、中に突き入れた指を乱暴に動かす。これで嫌がる素振りを見せれば、逃がしてやれるかもしれないと思った。

　だが、逃げるどころか伊織はおずおずと手を後ろに回して、崇継の立ち上がったそれに触れる。

「あ、あのっ……責任とります。どうすればいいですか？」

　思ってもいなかった返答に驚いていると、震える指先がズボンの前を下ろし、でてきた雄を撫でる。たどたどしい手つきで、正直うまくないが、返って崇継を興奮させる。手馴れていたら、めちゃくちゃに犯してしまっただろう。

「ひゃっ……！　動くし、おっきくなった」

　崇継の反応に、素直な感想をもらす伊織は間が抜けている。なぜだかそれを愛おしく感じるのだから、重症だ。

　もう、衝動を抑えられなかった。中を犯していた指を引き抜き、伊織の膝裏を掴んで持ち上げる。

「きゃ、ぅ……ッ！　あっ、ひゃぁあぁぁ……あぁッ！」

濡れそぼり、とろけていた蜜口に杭を一気に突き入れる。まだ少し狭い中が抵抗をみせるが、強引に奥まで収めてしまう。抱えこんだ伊織の脚がガクガクと震え、犯された肉壁が淫らにうねる。

「……うっ」

締めつけに呻《うめ》く。そのまま達してしまいそうな気持ちよさに息を詰め、軽く腰を揺らす。こすり上げた蜜口が、ひくひくと痙攣するのが堪らない。

これは、自分のものだ。どこにも、誰にもやらない。逃がさない。

ほの暗い独占欲がわく。迂闊にも誘ってきた挙句に、責任をとると言ったのだ。もう、遠慮しなくていいだろう。

「あっ、やんっ！　きゃぁ、あぁんっ……らめぇッ！」

抱えた愛しい体を、持ち上げて落とす。自重で奥まで熱塊を迎え入れた伊織が、悲鳴のような嬌声を上げる。

「ひゃあぁ、んっ……！　んっ、あぁ！　そこ、突いちゃ……やっ！」

ずんっ、深くえぐるように何度も抽挿し、さらに奥の入り口を叩く。締めつけがきつかった隘路《あいろ》も、あふれる蜜で滑りがよくなる。ぬぷぬぷといやらしい音をさせ、抜き差しを激しくする。

崇継にいいように揺さぶられ、声を上げるしかできなくなった伊織が、無体を働く腕に手をからめてくる。その縋る仕草に、ぞくりっと気持ちが昂る。頼る相手が自分しかいないと思うと、支配欲が満たされた。

「伊織……君は可愛いな」

「ひゃう……ッ、耳……だめぇ」

「そうか。ここが弱いのか」

首をすくめる伊織の耳に唇を寄せ、耳孔に息を吹きこむようにして囁き、ついでに甘く食んでやる。

中の締めつけがきつくなった。それを押し広げるように、前後に揺すり腰を回す。抽挿とは違う動きに、伊織が頭を振って喘いだ。

「はんっ、あっ、あぁ……ッ！　だめ、もぅ……っ！」

びくびく、と蜜口が痙攣する。達したのだろう。内側が激しくうねり、崇継も持っていこうとする。そこを耐えて、極まった衝撃でぼうっとしている伊織の体を、ベッドに伏せる。

繋がりが、ずるりと抜ける。蜜でとろけた入り口が、物欲しそうにひくつく。腰を引き寄せ、まだ猛ったままのものを押し入れる。

「ひぅ、ンッ！　んっ、あぁッ……やぁん、奥まだらめぇ……んッ！」

力の入らない伊織の上半身は、ベッドに突っ伏している。崇継が腰を摑んでいないと、膝を立てておくこともできないのだろう。太腿がぷるぷると震えている。そこに、ぐぐっと後ろからより深く接合する。最奥に先端をめり込ませると、伊織の背がしなった。

「はぁんっ！　あぁぁ、いやぁン！」

達したばかりで敏感になっているせいでつらいのか、伊織は涙を散らしながら身をよじる。けれど、後ろから押さえ込んでいる崇継からは逃げられない。

引き抜き、蜜にまみれた肉襞を先端でかき回してから、激しく貫く。ぐちゅんぐちゅんっ、といやらしい音がたつほど乱暴に出し入れしてやる。

「やめっ、いやぁ……ッ、ひぃンッ！　やらぁ……っ、あぁぁッ！」

嬲るような交わりに、悲鳴のような嬌声がもれる。可哀想だが、やめてやれなかった。誘ったのは彼女のほうなのだから、仕方ない。責任もとると言ったのだ。

がんがんと、最奥まで何度もえぐってやる。そして、逃がさないとばかりに、震える伊織の背に覆いかぶさった。ぐちゅんっ、と音がして崇継の全てを押し込む。うねる中に昂りを締めつけられ、溜め込んだ熱が弾けた。

「くっ……！」

「んっ、あぁ……ンッ！　あぁぁ……はぁっ」

ひくつく奥にすべてをそそぎきり、息を吐く。余韻で痙攣する蜜口で、達したばかりの雄をしごくように抜いた。吐き出したものが蜜に混じって、とろとろと伊織のそこからこぼれる。落ち着くどころか征服欲がざわりと刺激され、すぐに熱が集まってきた。

力なくベッドに沈む伊織の体を反転させ、抵抗もできない脚を大きく開いて曲げる。とろん、とした黒目で見上げられたので、意地の悪い笑みを返してやった。

「たか、つぐ……さん？」

「まだだ。まあ、寝てしまってもいい」

そう言うと、目を見開いて逃げを打とうとした伊織の腰を摑んで、今度は前から貫いてやった。そのまま満足するまで可愛がり、泣いてよがりすぎて意識失った伊織に欲を放って崇継も眠った。

その夜は、いつにもましてよく眠れた。

6

今日、人生初の取り調べを受けることになった。

「長谷警視の奥様、長谷伊織様ですね。こちらのお席にどうぞ」

連れてこられたのは普通の応接室で、なぜか上座を勧められた。伊織は引きつらないように顔面に力を入れ、微笑み返す。

なるべく上品な動作を心がけながら一歩踏みだすと、膝下丈の紺色のスカートが優雅に揺れた。上に着ている質のよい真っ白なブラウスは、華美にならない程度に繊細なレースが襟にあしらわれている。ワンストラップの革靴のヒールは控え目で、左手の薬指には崇継が用意したサイズぴったりの婚約指輪と結婚指輪を重ね付けしていた。

メイクも限りなくすっぴんに近く見えるような、ナチュラルメイクだ。実際は下地を念入りに五層ぐらい塗り込んでいる。メイクをしない男性は、薄化粧で綺麗なのだと騙《だま》されて好感を持つ詐欺メイクである。

服や靴を揃えた崇継が、「男尊女卑気味の中高年男性が好みそうな見た目」と人が悪そうな顔で評していた。メイクもそれに合わせるようにと指示された。化粧道具一式があったのは、この日のためだったらしい。

「失礼いたします」

軽く会釈し、流れ落ちてきた髪を耳にかける。長い髪はサイドを編みこんで、あとはたらしている。所作に気をつけて着席すると、向かいに座ったスーツ姿の年嵩な男性の相好が崩れる。こちらを見る目に少し好色な感じがにじんでいた。

どうやら崇継の見立ては当たったらしい。

捜査一課の警部だという男性は身綺麗で、それなりの役職についていそうな貫禄がある。わざとらしいほどの笑顔と、揉み手せんばかりに握られた手が胡散臭い。

「どうぞ、お召し上がりください」

制服姿の女性警官がお茶とケーキをだしてくれた。

「緊張されてますか？　大丈夫ですよ。ちょっとお話を聞くだけです。雑談だと思ってください」

イメージしていた取り調べとまったく違う。たぶんこれは接待だ。

崇継が、「君が緊張しないように手配したから大丈夫だ」と言っていたが、まさかこういう扱いになるとは思わなかった。正直、ほっとはしたが残念でもある。テレビドラマなどで見る、いかにもな取調室に入ってみたかった。実はちょっと楽しみにしていたのだ。ケーキより、かつ丼を食べてみたかった。

部屋にはこの警部と給仕をしてくれた女性の他に、隅の机でノートパソコンを開く男性がいる。取り調べの調書を作成する人だろう。

その男性は、部屋の背景に溶け込むような、存在感の薄いモブっぽい人だった。崇継が言うには、私たちの味方で名前は青木浩介《あおきこうすけ》。なにか困った事態になったらフォローしてくれるという。

伊織はとりあえず、だされたケーキとお茶に口をつけた。警部もそれに続いてティーカップを手にする。

そうして始まった取り調べは、ただの雑談としか言いようのないものだった。始終にこやかな警部に、おべっかともとれそうな言葉をかけられ、崇継との結婚を祝われる。または夫の優秀さや仕事ぶりなどを褒められ、こちらの出方をうかがわれた。

この結婚に裏がないか疑っているのだろう。まさに裏しかないのだが、伊織は照れたようにうつむいて「ありがとうございます。崇継さんと結婚できて幸せです」と返答した。

そんな会話の合間に、さり気なくアリバイの確認をしていく話術はたいしたものだった。

これらのアリバイ確認は、事前に崇継が想定していた。どう受け答えすべきか、何度も練習させられたので失敗はしなかった。警部が信じているかどうかはわからないが、無難にこなせたと思う。

そもそも恵蔵が行方不明になったのは、伊織が誘拐された日の夜で、発見されたのはそれから三日後だと崇継から聞いた。その間、伊織はずっと崇継と一緒にいたことになっている。

なにより二人が婚姻届けを提出したのは、恵蔵が失踪した数時間後。伊織が彼を誘拐して害し、その現場から役所に行くのは不可能な時間帯だそうだ。ほぼアリバイが成立していると言ってもいい。

「……そうですか。恵蔵さんは意識不明なのですね。早くよくなっていただきたいです」

やっと、今回の事件に関わるような話になった。

恵蔵はとある山中の崖下で見つかり一命をとりとめたそうだ。近くには大破した車があり、崖から落ちたとして事件と事故の両面から捜査しているという。

「長谷警視とは、恵蔵氏のお父上の花屋敷以蔵氏が入院する病院で出会ったそうですね」

「はい。小児病棟で読み聞かせのボランティアをしてまして、そのときに……」

二人の出会いについていの設定はきちんと作ってある。それを完璧に憶え込むまで、崇継にあらゆる角度から質問を繰り返された。罪を着せられないためにも頑張って憶えた。

「彼は、なぜ病院に?」

「たしか仕事で足を運んだと言ってました。詳しくは知りません」

首を傾げて瞬きする。なんでも詳細に答えると不自然なので、適当にふわっとした回答をするよう言われている。実際、そんな事実はないので知らないとしか言いようがないし、警察が仕事のことを話すわけがないので、この受け答えで間違ってないはずだ。

「そうですか……それにしても、短期間で仲良くなられたましたね。しかも奥様はまだ学生なのに結婚までされて、正直、驚きました。長谷警視には、そういった浮いた話がなかったもので、自分からナンパするような軽い男でもありませんし。少々、信じられなかったのです」

警部の目が探るように細められる。彼の言う通り、崇継と出会ったと設定したのは半年前。結婚を決めるには短い。偶然出会ったというのも不自然だろう。

だがちょうどその頃、崇継は本当にあの病院に仕事で何度か訪れていたそうだ。すべて嘘で設定を作るとぼろがでるので、適度に真実を混ぜるのだと彼は言っていた。時間はたってしまっているが、調べれば病院の防犯カメラに崇継が映っているはずで、不自然な出会いではないらしい。

ただ、この出会いの設定にはまだ先がある。

「実は私と崇継さん、子供の頃に出会っていたんです。それに、病院で声をかけたのはこちらなので、ナンパをしたのは私ですね」

ふふっ、とはにかんで頰に手をやる。運命の再会に浮かれる乙女といった感じに見えるだろうか。崇継にビシバシと演技指導もされたので、ぜひ騙されてほしい。

「私が小学校一年で、崇継さんは中学生のときです。私がお世話になっている養護施設の教会で開催したチャリティイベントで出会いました。不審な男性に連れ去られそうになっていたところを助けてくれたんです」

真っ赤な嘘だが、一部、事実を混ぜてある。あの当時、崇継には出会ってないが、ハタという同じ年の少年を駅前で拾ったことがあった。

ハタは、服装は小奇麗だったが痩せすぎで挙動不審。伸びすぎた前髪から、やたら眼光だけは鋭いぎょろりとした目がのぞいている少年だった。

夏の夜の駅前で、所在なさげにベンチに座っている彼を見つけたのは、児童養護施設の職員でもあるシスターの車で、教会に帰る途中のことだった。それから数十分後、伊織は一人でこっそりと施設を抜けだした。

寂しそうな少年のことが、どうしても頭から離れなかった。伊織と同じように、彼に気づいたシスターが「あれは家に帰れない子かもしれないわ」と言ったせいだ。施設の子供や問題のある家庭の子供を多く相手にしているシスターは、彼らの身なりや表情や仕草を少し見ただけで、いろいろなことを言い当てる。だからきっとあの少年も、シスターの言う通りなのだろう。

ならば、あのままにしておくのは心配だ。声をかけて施設に連れて帰ればいいと、幼い伊織は思いついた。

ところが声をかけた彼には拒絶され、代わりに見知らぬ中年男性に声をかけられ、危うく連れ去られそうになった。それを助けてくれたのが、彼だった。

ハタと名乗った少年は、「さっきは拒絶したけど、君みたいな小さな子がこんな時間に一人でいるのが気になって……だから追いかけてきた」と、しどろもどろに話した。そんな優しい彼の手を引いて、伊織は教会に招き入れた。

その日から、ハタはふらりと教会に現れるようになった。もしくは、駅前にたたずんでいるのを伊織が見つけて連れ帰っていた。この関係は、一年以上も続いた。

「崇継さんには勉強を教えてもらったり、一緒に遊んでもらったりしました。けれど彼が受験で忙しくなると疎遠になって、高校へ進学してからは縁が切れてしまったんです」

これはハタの話だ。

設定を細かく決めていったときに、急な結婚に説得力をもたせるため、以前に出会っていたことにしようと言われた。実際にあったハタとの思い出を、崇継との出会いのエピソードにすることになった。そのとき崇継は、「自分と同い年だし、いいんじゃないか」と一瞬だけ切なそうな表情を浮かべて口元を緩めた。

「そんな出会いがあったのですか……で、再会してよくわかりましたね」

「ほら、崇継さんは印象的な容貌ですから。子供の頃の面影があって、すぐにわかりました」

たしかに、と警部は顎を撫でて納得する。

ハタと崇継は似ても似つかない。もし、ハタに再会してもわからないだろうが、崇継なら子供の頃から超絶美形だろうから、大人になっても見間違わないはずなので説得力がある。

「最初、崇継さんは怪訝な顔でしたが、教会のことを話すとすぐに思い出して、あっという間に距離が縮まりました。ですが、結婚はさすがに性急すぎると私も思いました……」

そこでひと呼吸置いて、伊織はそっと睫毛を伏せる。次に言う台詞を考えるだけで、自然と頬に熱があつまってきた。

「その……崇継さんが、他の男性がいる大学に通わせるのが心配だと。自分は仕事が忙しくてあまり会えないし不安だから、早く結婚して一緒に暮らしたいと熱心に口説かれたんです。私としては同棲《どうせい》でもいいと思ったのですが、こういうことはきちんとしたいからと頑として譲ってくれなくて、押し切られてしまいました」

大嘘なのに、言っていてどんどん恥ずかしくなってくる。こんなありもしない惚気《のろけ》を初対面の人に話すなんて、羞恥プレイだ。

そもそも崇継のキャラが違いすぎて、職場の人は信じないのではと何度も確認した。けれど彼は「問題ない。やれ」と無慈悲にも言った。

「ほほう、意外ですね。彼は冷徹だなんだと言われていますが、色恋に関してけっこう情熱的なのですね」

「……はい。とても」

ああ、早く終わってほしい、この茶番。と願いながら、そのあとは結婚式はどうするのかなどの話になった。そのへんも崇継と打ち合わせた通りに進めた。

施設育ちの伊織には両親だけでなく親類もいないので、二人だけで挙式して、フォトウエディングをする予定だと話す。崇継の父親には好きにするよう言われているし、彼や同僚も仕事が忙しいので、挙式披露宴はなしになったのだと説明した。しかも、この取り調べのあとにフォトウエディングの予定が入っている。

あとの詳しいことは崇継に聞いてほしい。そんな感じで話をしめくくり、取り調べと言う名の接待は終了した。

書記をしていた青木の案内で地下駐車場に向かうと、崇継が待っていた。今日は非番で、ここにくるときも送ってくれた。

「青木、どうだった?」

「概ね問題ないかと思います。アリバイの証拠になるカメラ映像も証言もありますからね。これ以上、からまれることはないでしょう。容疑者からは外れました」

役所で婚姻届を提出したときの話だろうか。

「そうか、わかった。引き続きよろしく」

頭を下げる青木と別れ、車に乗り込む。そのままフォトウエディングを予約しているロアルド東京というホテルに向かった。瀟洒《しょうしゃ》な外観のこのホテルは、フォトウエディングだけでなく結婚式場としてもカップルに人気だ。検索したとき、常にランキングのトップに入っていた。

「いらっしゃいませ、長谷様。この度は、ご結婚おめでとうございます」

そう言って迎えてくれたウエディングプランナーは二十代後半ぐらいの綺麗な女性だった。名札には花房《はなぶさ》とある。

「先日、お二人と取り決めたように整えてありますので、お着替えいただき撮影となります。こちらへどうぞ」

ここで崇継とは別れて支度部屋へ移動する。個室には着付けとヘアメイクを担当する女性が二名待っていた。

「こちらが先日ご試着し、ご予約いただいたドレスと和装です。ご指定通り、小物も揃えてございます」

さっきから、花房は伊織と面識があるように話す。崇継とどういう関係なのだろう。

「この間、警察から事情聴取されました。大変でしたね、お知り合いが事件に巻き込まれたとか？」

ヘアメイク担当の準備が整うのを待つ間、伊織の疑問へ答えるように花房が話を振る。

「ええ……こちらにまで、警察がいらしたんですか？」

「はい。何事かと驚きましたが、長谷様のご予約の確認と、打ち合わせ当日の防犯カメラ映像の提出を求められました」

さっきさり気なく告げられた来店日は、役所に婚姻届けを提出した翌日。伊織がマンションに監禁され、二日酔いと熱で寝込んでいた日だ。

「カメラ映像ですか……」

「お二人が映っているのを確認し、納得してお帰りになりました。お二人でご来店いただいたとスタッフも証言しておりましたので、ご安心ください」

やはり花房も味方か協力者のようだ。青木が言っていたアリバイの証拠に、こちらも含まれるのだろう。それにしても、伊織の代わりに防犯カメラに映ったのは誰なのか。もしかして彼女だろうか。背格好も似ている。

鏡越しに視線をやると、まるで伊織の考えを肯定するように微笑まれる。なぜか胸の辺りがもやっとした。

「では、今日一日よろしくお願いいたします」

花房が離れていき、ヘアメイク担当と代わる。それから、あっという間に髪型や化粧を整えられウエディングドレスを着せられた。

小花の立体レースが使われたオフショルダーのドレスは、小柄な伊織に似合うプリンセスラインで、背中の大きなリボンの下から広がるロングトレーンが華やかだった。結い上げた髪にはティアラが添えられ、そこからバッグスタイルを邪魔しないようにショートベールがふわりと華奢な肩を包み込む。最後に、白いオールドローズの花束を渡されて完成だ。

よくお似合いですよ、と鏡の前に立った伊織をヘアメイク担当が誉めそやす。あとからやってきた花房は、素の表情で目を見張る。その驚きに、伊織も「だよね」と頷き返したくなった。

きちんと手入れして整えれば、自分でもここまで映えるのかと溜め息がもれる。

オタク活動に資金を溶かしているので、今まで身なりには最低限しか投資してこなかった。とりあえず清潔感のある、お金のかからないシンプルなかっこうをしてきた。要は地味系である。黒髪ストレートでロングなのも、髪質的に手入れが簡単だからというだけで、清楚系を狙っているわけではない。

今日の衣服も、崇継が用意してくれたおかげで素材がいい。似たデザインの服を持っているが、着たときの見え方がまったく異なる。地味系ではなく、本物の清楚系。しかも品の良さまで加わって、服の素材が違うだけでこうまで変わるのかと感心した。

そしてこのウエディングドレスは、また一段と格の違いが露わになった。

サイズがぴったりなことにはもう驚かない。悟りの境地だ。それより、試着も事前打ち合わせもなく、伊織に似合うウエディングドレスが用意されていたことだ。やはり崇継が選んだのか。

「本当にお似合いですね。ドレスも取り寄せた甲斐がございます」

ちょっと遠い目になった伊織に、花房が説明を加える。

インポート専門のブライダル店からレンタルしてきたという。詳しくないが、レンタル料金だけでもけっこうな額らしいと、話しぶりから推測できた。もちろん伊織たちが望んで手配したように話す彼女は、大したものだ。

この茶番に、崇継はいったいいくら支払ったのか。

ドレスを着る前にトイレに立ち、スマートフォンでこのホテルでのフォトウエディング料金を確認したが、挙式もないのに高かった。さすが高級ホテル。伊織が知っているような撮影スタジオでのフォトウエディングとは一桁違うお値段だ。

このあとに和装も着るのだが、そちらのレンタル料金もどうなっているのか。考えるのはやめよう。

伊織のアリバイを偽装し、愛し合って結婚したと周囲を騙すためには、これぐらいする必要があるのだろう。むしろ挙式や披露宴をしないだけマシだ。

「では、撮影場所へご案内いたします」

花房の案内でホテルの庭園に移動する。崇継はすでに準備がすんでいて、庭園から続くチャペルの入り口で待っているという。

介添えの人にトレーンを持ってもらい、イングリッシュガーデン風の庭園にでる。イギリス系商社が経営するホテルだからなのか、外国風の庭園は見事なものだった。

遠くのほうには小さな滝もあり、和装の撮影にも対応している。敷地が広いので、和も洋も喧嘩《けんか》することなく、庭の中で調和できている。都内でありながら、ちょっとした森の中にあるようなホテルだった。

その木々の一角に青いビニールシートが見えた。

「お見苦しくて申し訳ございません。建築予定地で、樹木の伐採中なんです」

粉塵《ふんじん》が飛ばないよう囲っているのだと、介添え人が言う。

「なにを建てるんですか？」

「古い教会を移築するらしいです。今あるチャペルとは違う雰囲気の、レトロな建物だそうですよ」

歓談しながら石畳の道を歩いていくと、木々の間から真っ白い壁に蔦《つた》が這ったチャペルが見えた。たしかに、こちらはレトロではなくモダンで都会的な建物だ。

その前に、黒のタキシード姿の崇継が待っていた。

彼は細身だけれど、長身で筋肉が綺麗についた均整のとれた体軀《たいく》だ。なにを着てもよく似合うとは思っていたが、こういう恰好《かっこう》をするとますます見栄えがよくなる。髪も後ろに流していて、整った顔がよく見える。

「ひえっ……イケメンがいる。モデルみたい」

小声でそうこぼすと、遠くを見ていた崇継の視線がこちらに向く。軽く目を見張ったあと、ふっと表情が和らぐが、すぐに彼の薄い唇が意地悪に吊り上がる。眼鏡を上げる仕草が妙に色っぽい。また、そういう表情が様になるのだから困る。

思わず、足が止まった。あの横に並ぶのかと思うと尻込みする。

いくら綺麗に整えてもらったとはいえ、見劣りしそうだ。それに、いつもと違う彼の装いに胸が騒がしくなり、逃げだしたくなった。

「やっぱ、顔面が反則だし。潜入捜査が絶対にできない警察官じゃん。そもそも、そういうことしない立場か……じゃなくて、惑わされるな。これはアリバイ偽装の一環だから。乙女ゲーの強制力で惚《ほ》れてる場合じゃない」

赤くなりかけている顔をうつむけ、自分にしか聞こえない小声で、気持ちを落ち着けるための言葉をつむぐ。やはり乙女ゲーム世界に転生したとしか思えない展開なので、この気持ちは強制力が働いてるだけだから冷静になれと自分に言いきかせる。

「なにをぶつぶつ言ってるんだ?」

やっと動悸がおさまってきたところで声をかけられ、伊織は「ひゃっ!」と間抜けな声を上げた。目の前に怪訝な顔の崇継がいた。

「いつの間に……」

「なかなかこないから、迎えにきた。ほら、手をだしなさい」

横に並んだ崇継が、すっと手を差しだす。意味がわからず、手を凝視して首を傾げた。

「エスコートだ。歩きにくそうで、危なっかしい」

崇継が足元を一瞥する。石畳は少しでこぼこしていて、はきなれないハイヒールでは歩きにくい上に、裾の長いウエディングドレスを着ている。トレーンを持ってもらっていても、ゆっくりとしか歩けず、よろよろしていた。

「……ありがとうございます」

優しい。意地悪で偏屈ではあるが、こういうところは紳士だなと、彼の大きな掌に手を重ねる。とたんに指をからめられ、ぎゅっと握り込まれた。いわゆる恋人繋ぎだが、そんな甘さのない力強さに唇の端が引きつった。

「嫌だろうが、付き合ってもらう。これは周囲を納得させるためにも必要なことだ」

耳元に顔を寄せた崇継が、凄みのある声で囁く。怖いけれどいい声なので、伊織の顔色は青くなったり赤くなったりと忙しなく変わった。

崇継は、伊織が嫌がっていると勘違いしているようだが、恥ずかしさで逃げたくなっただけだ。それをどう伝えようかと口をぱくぱくさせているうちに、耳朶にちゅっと軽く口づけられ、心臓がびくんと跳ねる。

「逃がさないからな」

脅すような声色を残して、崇継が歩きだす。結局、顔を真っ赤にした伊織はよたよたとそのあとに続く。歩幅を合わせ、しっかりと手を持ってくれているので、さっきまでとは段違いに安定感はあった。

ついてくる介添人が「仲がよろしいのですね」と微笑ましそうに言うのが聞こえ、花房からは生温かい視線を感じる。実態は脅迫されただけだが、恐怖とは違う胸の高鳴りはストックホルム症候群なのか吊り橋効果なのか。どうでもいいことで悩んでいるうちに、撮影は始まった。

最初、カメラを前にポーズを決めるのに照れたが、あっという間に慣れた。というか、いろいろ指示されるうちに、それをこなすのに必死で恥じらう余裕もない。笑顔をずっと維持するのも疲れる。

それに崇継とは、今や一緒のベッドで寝ている。恋愛感情がある関係ではないけれど、同居人や偽装結婚の相手という以上には親密なので、新婚のふりをして甘々な写真を撮影することに思ったより抵抗はなかった。

ほぼ毎日のように求められているのだから、恥じらいや照れがないのも当然だ。着替えと休憩で支度部屋に戻った伊織は、ふと昨夜のことを思い出し頬が熱くなった。

昨日は、帰宅が遅くなると連絡があったので、伊織は先に夕食をすませ風呂に入って就寝した。朝から動画配信サービスでアニメをワンクール一気に視聴したせいで、目も頭も疲労していた。おかげで眠りが深く、帰宅した崇継がベッドに入ってきたことにも気づかなかった。

伊織は夢の中で愛撫されていた。体を這い回る大きな手。ぬるりとした舌の感触。濡れた襞を嬲る指と、中心で熟れた尖りに吸いつく唇。そして中へと入ってきた指と舌に広げられ、緩んでくる蜜口。

どれも伊織の弱い場所をいじり回しては、もっと欲しいと思ったところで引いていく。達したいのに達せない、もどかしい快感に何度も喘いで悶える。そんな甘い苦しみにとうとう涙がこぼれると、ぐちゅぐちゅに蕩《とろ》けきった蜜口に硬いものが押し当てられ、一気に入ってきた。

急に満たされた中が、びくんびくんと激しく痙攣し、押し上げられた淫らな熱が一瞬で弾ける。それと同時に、伊織の意識だけが覚醒した。

激しい快感に支配されて動かない体。夢だと思っていたことは現実で、寝ている間に悪戯され犯されていた。

これが睡眠姦か。解像度がまた上がった、なんて呑気に考える暇もなく激しく突かれた。

『ひっ、ぁ……やだぁ、やぁ……っ！』

あまりのことに混乱とショックで、覆いかぶさる崇継から逃げようと身をよじる。そんな抵抗は片手で封じられ、中をより深くえぐられて目の前ががくがくと揺れた。

『君がいつまでも起きないのが悪い』

欲に濡れた声で責められる。そのうち起きるだろうと悪戯していたのに、ずっと寝ているから手が止まらなかった。どこまですれば目が覚めるのか試していたらこうなったと、勝手なことを言う。

本当にひどい。ひどいけれど、気持ちよすぎてなにも言い返せなかった。そのまま、達したばかりの中を何度もこすられ、奥を突かれる。激しくなる抽挿に、元凶である崇継にすがりつくしかなかった。

そのあと何回達したのか、崇継がどれだけ果てたのか記憶にない。きっと途中で意識を失ってしまったのだろう。

そして今朝、目覚めてすぐに崇継をなじった。なんてことをするのだと、ぽかぽか叩く。力は入ってなかったが、寝ぼけている彼を覚醒させるぐらいの強さはあった。

『ひどいです』と繰り返す伊織に、『だが、気持ちよかったのだろう?』と得意げに笑う崇継は朝から妙な色気が漂っていて、叩く手が止まる。その隙に抱き込まれ、なだめるような口づけが降ってきた。ちゅっちゅっ、と軽いキスの音とくすぐったさに伊織はあっという間に絆されてしまった。

最初に抱かれたときと、その次に抱かれたときもそうだ。二回続けて避妊を忘れた崇継が、謝罪しながらアフターピルを差しだしてきたのを思い出す。そんなこと考えてもいなかった伊織はぽかんとして、妊娠していたら絶対に責任をとると真剣に話す彼を見つめた。

もう結婚しているのに、これ以上どう責任をとるつもりなのだろう。

思わずそうこぼせば、出産して子供を育てたいというのならずっと夫婦として暮らす覚悟もあると言う。崇継と離婚して育てたいなら、それでもいい。代わりに経済的援助は惜しまない。もしくは堕胎したいならば、できる限りの償いをする。将来、それが瑕疵になり問題が発生するならば、必ず助けようと言うのだ。

偽装結婚にしても学費のことにしても、伊織が困らないように手を尽くしてくれようとする。それも口先だけの約束ではない。離婚に際しての慰謝料や学費の件に関して、すでに公正証書が作られている。内容も伊織に配慮され損することは一つもない。

妊娠のことも、同じようにしてくれるのだろう。そう簡単に信じることができた。

だから、避妊を忘れられていても傷つかなかった。伊織も快楽に流されて受け入れたのだから同罪だろう。それどころか、渡されたアフターピルを飲んだふりだけして捨てた。

崇継の子供ならほしい。産んでみたいと思ってしまった。

こんな浮ついた気持ちで妊娠を望んではいけないとわかっているのに、偽装結婚とは違う繋がりができるかもしれないと思うと表現できない歓喜が込み上げる。それは、恋のような甘くふわふわした好意とは違うなにかで、似ている感情を伊織は知っていた。

あの少年――ハタの顔がちらつく。崇継と彼は違うのに、なぜ同じような想いを抱いてしまうのだろう。

「長谷様、和装の準備が整いました。ご休憩がおすみでしたら、こちらへ」

ちょうどお茶を飲み干したところで声がかかる。それと同じくして、テーブルに置いたスマートフォンが震えた。幼馴染からの通知が表示される。

「恐れ入ります。その前にトイレにいきたいのですが」

スマートフォンをさっと手にして立ち上がる。介添人の案内で廊下を歩きながら、幼馴染からの通知を開いた。

予想通りというか、伊織を心配する内容だった。連絡は取り合っていても、それは文字だけで通話はしていない。勘のいい幼馴染がさすがに不審がっている。

一回ぐらい、直接顔を合わせて無事なことを知らせないと、なにをするかわからない。伊織としてもちょっと気になることがあり、崇継の監視なしで外にでたい。

崇継に相談しないとならないだろうが、あれ――をどう説明すればいいか。すべてを話したら、教会と養護施設に警察の手が入るかもしれない。それは避けたい。最悪、養護施設が運営できなくなったら、施設に今いる子供たちがどうなるのか。運営を続けられたとしても、援助がなくなり経済的に苦しくなる。

そうなる前に、森にも相談したかった。

「こちらです。では、支度部屋でお待ちしております」

介添人に案内されたのは、パウダールームと個室が三室あるゆったりとした造りのトイレだった。個室の一つが壊れているのか、工事中の黄色い看板が立ててある。その横には工具箱。休憩にでもいったのか、作業員の姿はなかった。

伊織はそっと工具箱の中を漁り、目的のものを手にすると、用を足してトイレをあとにした。

7

「ここです」

そう言って、少女が笑顔で指さしたのは、尖った屋根に十字架がついた教会だった。

最近は宗教勧誘に小学生を使うのか……恐ろしい。

ついさっきまで、その小学生を第一の被害者にして通り魔を決行しようとしていた僕は、自分のことを棚に上げて表情を引きつらせた。

駅前で声をかけられ、一度は遠ざけた。そのあと、少女の後ろをそっとつけていった。隙を見て、背後から刺すつもりだったのだが、突然、暗がりから不審な中年男性が現れた。

その不審者は、「お嬢ちゃん、いいものを見せてあげるから、こっちにおいで」と明らかに怪しいことを言い、少女の腕を掴んだ。少女の大きな目がさらに大きく見開かれ、叫ぼうと開かれた口をふさがれて暗がりに引きずり込まれる。

そのまま放っておけばよかったのだ。刺す予定の子供がどうなろうと、自分には関係ない。そのはずだったのに、思わず不審者に体当たりし、少女の手をとって逃げていた。

助けるつもりなどなかった。なのになぜ……と混乱したけれど、走りながら気づいてしまった。

本当は刺したくなんてなかった。見知らぬ相手なのに、初めて自分を気にかけてくれた存在。その手をとりたかった。ただ、それだけだった。

だから少女が傷つけられるのが許せなくて、一度は払ったその手を取り戻したいと思った。

だというのに、助けてもらったお礼にご飯をご馳走すると言われ、連れてこられたのが宗教施設とは、どういう罠なのだろう。恐らくキリスト教だろうが、執拗な勧誘がないとは言えない。それかキリスト教系列の新興宗教で悪質な団体だったら、と考えて足が止まった。

なぜ、のこのこついてきてしまったのか。気にかけてもらえたのは、勧誘の一環でカモだと思われたのだろう。密かに浮かれていた気持ちが萎える。

「今、カレーを作ってるところなんですよ。うちのカレーは美味しいんです」

少女は、そのカレールーが足りなかったので、内緒で施設を抜けだして買い物にきたのだと、ここへ案内する間に話してくれた。話の雰囲気から、てっきり養護施設の類だと思っていたのだが、宗教施設の間違いだったらしい。

「いや……やっぱり……」

尻込みし、どう断ろうかと考えていると、手をぐいっと引っぱられた。

「早く行きましょう。遠慮しなくていいですよ」

そうではない、と言いかけて少女の屈託のない笑みに戸惑う。こんなふうに、誰かから笑いかけられ一緒に食事をしようと言われたのはいつぶりだろう。いや、記憶にないかもしれない。

ぐっ、と奥歯を噛みしめる。喉が苦しくなり、目尻がじわりと熱くなった。

「あ、そうそう。名前、なんていうんですか？　私は伊織です」

そういえばお互い名前も知らずに、ここまで歩いてきた。会話につまることもなくて、こんなに息をするのが楽だと思ったのは初めてだった。

「えっと……ハタ」

「ハタ君か。よろしくね！」

少し迷ってから教えた名を、伊織はとても嬉しそうに口にする。たったそれだけのことで、宗教に勧誘されてもいいかと思えた。駅前で抱えていた殺伐とした気持ちはなんだったのか。

この日、僕は些細なきっかけで人生がいい方へ引っぱられていくことがあると知った。

それからというもの、伊織に会うため施設へ通うようになった。

彼女の傍にいるのは、なぜか心地よかった。どうしてそう感じるのかはわからない。

施設でだされる食事も喉を通った。残してしまうことが多かったけれど、吐き気を感じることもなかった。

ある日、予備校の模試を施設の敷地で落とした。院長の井ノ上《いのうえ》という男が拾って届けてくれたとき、伊織に成績を見られた。本名を知られたかと思って緊張したが、彼女は結果の数字しか興味がないようで、勉強の仕方を教えてほしいとせがんできた。

将来、大学まで卒業したいが学費や生活費の問題がある。奨学金を使うだろうけれど、できれば給付型がいいし、他に学費免除になる制度があるなら利用したい。そのためには成績がよいにこしたことはないからという。

もちろん塾や予備校に通うお金だってないから、頭のいい人から効率のよい学習方法を習っておけば役立つはずだと、一生懸命に説明してくれた。

驚いた。まだ小学一年生なのに、僕よりもしっかりと現実を見て備えようとしている。それか、こういう環境だから先がよく見えてしまって不安なのかもしれない。

今しか見れなくて、絶望して罪を犯そうとしていた自分が恥ずかしくなった。

僕はお金の心配はない。あんな父親だからなのか、体面を重んじる。しっかりした学歴のために出費するお金は惜しまない。むしろ大学に進学しないと言ったらどうなるか。

絶縁してもらえるだろうか。いや、受験した憶えのない大学に合格しているような気がしてぞっとした。

伊織に勉強を教えるようになってから、施設へ通う回数は増えていった。そうなると、施設の子供たちと彼女の関係も前よりよくわかるようになった。幼馴染だという同い年の少女、彼女にちょっかいをかけてくる少年、懐いている年下の子供たち。

そんな彼らと笑顔で戯れる伊織を見ると苛立った。胸の奥底から黒い靄《もや》がわいてきて、あの日のなにもかも壊してやりたくなる衝動が首をもたげる。

この感情がなんなのか、嫉妬とも独占欲とも少し違う。もっと狂暴な想いだ。

伊織はよく「好き」だと言う。そこに恋愛的なものはないけれど、ちょっとしたことで僕を誉め、「だからハタくんのことが好き」だと言ってはにかむ。

その言葉と微笑みがほしくて、自分よりかなり年下の少女に傾倒していた。彼女がいなければ、心が渇いて死んでしまう心地がする。

だから、彼女が僕以外に「好き」だと言うのが耐えられなかった。他の者と彼女を分け合うことなどできない。奪う者がいるならば排除する。

思えば、上辺でない僕自身を認め受け入れてくれたのは伊織が初めてだった。

父はあの通りだし、母は僕を置いて離婚してから、こちらと関わろうとしない。あの女が家に入ってくるまで、僕を育ててくれた祖母は厳しいばかりで愛情を感じたことはなかった。祖母が亡くなったとき、安堵したのを憶えている。

そんな僕はとても冷たい人間なのだろう。


「今日ね、告白されちゃった」

伊織が暮らす小舎のリビングで、いつものように勉強を教え、切りのいいところで休憩に入ったときのことだ。

シャープペンシルをいじりながら、伊織が恥じらうように視線をノートに落とす。まるで喜んでいるように見えた。

一瞬、呆然とする。出会って一年以上たつ。伊織はまだ七歳なのに、そういうこともあるのかと驚いた。貧相で暗い自分とは無縁な話だった。

伊織は可愛らしい。少し変わっていて抜けているところはあるが、優しくて、相手を誉めるの上手だ。きっとモテるのだろう。

「告白……誰から？」

どす黒い感情を押し殺して絞りだした声は、カラカラに乾いていた。

「一個上の施設の子。別の小舎に暮らしてる」

同じ小舎でないことに少し安堵するが、同じ環境で暮らしている相手かと思うと苛立った。

僕は伊織の傍で暮らせないのに、そいつは近くで時間を共有できる。年だって近い。通う小学校も同じだろう。

なにもかもが羨ましくてムカつく。でも、それだけじゃない。彼女がとられてしまうのが怖い。勉強を教えるぐらいしか繋がりのない自分では、そいつには勝てない。

「……それで、なんて返事を？」

「うーん、まだしてない。だって、突然でびっくりして逃げてきちゃった」

へへっ、と笑う伊織は満更でもなさそうで、焦りが増す。同時に、彼女に出会った夜のような暗い衝動が込み上げてくる。

ここで伊織を傷つけたらどうなるだろう。心にも体にも残るような深い傷。そいつのことを忘れてしまうような衝撃を与えたら、彼女はもう僕のことしか考えられなくなる。そうなってしまえばいい。

そうしたら、誰にもとられない。僕だけのものになるんじゃないか。

今、ここには二人だけだ。同じ小舎で暮らす彼女の幼馴染は、他の子供と外出していてしばらく帰ってこない。常駐の職員は、施設の子が学校で問題を起こしたとかででかけている。

通いつめるうちに職員や他の子供たちの信用は得ていた。問題を起こさないと思われているから、こうして伊織と二人きりになれる。

これはチャンスだ。眩暈のするような黒い歓喜が胸に広がっていく。

よく伊織の夢を見る。夢の中の彼女は従順で、なにもかも悦んで受け入れてくれる。まだ幼い少女に性欲を感じるなんて、最初の頃はショックだった。けれど、夢にでてくるのは伊織だけだ。他の少女になにかを感じたことはない。むしろ関わりたくない。伊織の幼馴染など、邪魔だ。

同世代の異性にも興味が持てない。クラスメイトの女子には、暗くて気持ち悪いと笑われている。ここ何年かは、まともに食べていなくて痩せ細り、肌も髪もカサカサなのでよけいに気味が悪い外見なのだろう。

そんな中、身近で好意を持てた異性が伊織だけだった。そのせいで欲の対象が彼女になってしまった。

恋とか愛とか、そういう甘い気持ちとは違う。性欲よりも、誰にも渡したくないという気持ちのほうが強い。

ふっ、と口元を歪めて笑い、できるだけ優しい声をだし手招きする。

「伊織、こっちにおいで。いいことを教えてあげる」

「いいこと?」

首を傾げ寄ってきた伊織の腕を摑んで、ラグの上に引き倒す。小さく叫んだが、逃げようとはしない。信用しきっているのか、きょとん、と僕を見上げてくる。

罪悪感など、ひと欠片もわいてこない。

無邪気で愛らしくて、何事も善意で受け止めようとする君が、これから僕がすることをどう思うのだろう。

きっと嫌がって泣くだろう。確実に嫌われて怯えられる。

それでも、伊織の中に一生消えない傷を残せる。僕を忘れられなくなる。

口止めすれば、その関係を続けることもできるだろう。脅すために写真を撮ってもいい。もし職員にバレて通報されたとしても、どうせ父が隠蔽する。

なにも怖いものはない。欲しいものを手に入れてしまえばいい。そうすれば、誰かに奪われるかもと怯えなくてよくなる。

だって仕方ないじゃないか。僕には君しかいないのだから。

「ごめんね……伊織……」

なにもわかっていない彼女に覆いかぶさる。ゆっくりと、唇が重なる距離にまで近づく。

「なにしてるのっ！」

甲高い子供の声にドアを振り返る。伊織の幼馴染がこちらをきつく睨みつけていた。

＊＊＊

体がびくんっと痙攣して目が覚めた。そこは見慣れた自宅の寝室ではなく、たしか警視庁内の空いていた応接室の一つだった。

最悪な目覚めに、ぐったりとソファに沈む。苦い、過去の夢だ。

できることなら、なかったことにしたい。今思うと、あのときの自分はどうかしていた。

崇継は両手で顔を覆って呻く。罪悪感と羞恥心に死んでしまいたくなるが、あの頃の伊織も可愛かったとしみじみと噛みしめてしまう自分は終わっている。

しかし、寸前であの幼馴染が止めてくれてよかった。取り返しがつかなくなるところだった。

あのあと崇継は逃げるように小舎をでていき、しばらく施設には近寄らなかった。伊織からの連絡も無視して、受験勉強に没頭した。醜悪な煩悩を殲滅《せんめつ》したかった。

その鬼気迫る様子を心配したのか、以前、無神経なことを言ってきた予備校の講師が声をかけてきた。なにか家で問題があるのではないか。なんなら寮のある高校に進学するのもいいかもしれないと。

渡されたパンフレットの高校は、受験予定にない学校だったが偏差値も高く、崇継なら余裕で合格圏内だった。なにより関東からでられる。

家から離れられるのも助かるが、伊織と物理的な距離ができるのがありがたい。今は受験勉強をしないといけないという建前があるが、それがなくなったらまた彼女に会いにいってしまう。そして今度こそ、手をだす自信がある。最初に失敗しているので、次は横《よこ》槍《やり》が入らないよう周到に計画する未来まで想像できた。

自分はそういう人間だ。父と同じ血が流れているのを実感する。

すぐさま父に志望校変更を伝えた。父も納得するランクの学校だったので、すんなりと了承された。この家に息子がいないほうがいいという打算もあったのだろう。助けるのは手間だが、うっかり死なれては隠蔽が面倒になるからだ。

そして合格してから、やっと伊織に会いにいった。メールで連絡は再開していたので、合格したことや遠くにいくことは伝えてあった。彼女は「おめでとう」と言ったあと、少し寂しそうに、遠くにいっても連絡を取り合おうと言ってくれた。

だが、メールのやり取りが続いたのは一年ほどだった。崇継のほうから、だんだん疎遠にしていった。そうしないと、東京に戻ったときに彼女に会いにいってしまう。育った彼女を見れば、歯止めはきかなくなる。

それに、あのとき崇継がなにをしようとしていたか、いつか伊織が気づくかもしれない。いや、年頃になれば絶対に理解する。そのときに、どんな目で見られるのか怖かった。

だから彼女とはもう会えない、会ってはいけないと決めた。

「ハタだってことは墓場まで持っていかないとな……」

バレたら今の関係が壊れる。伊織に恋愛感情はなさそうだが、体を繋いでもいいぐらいに好意は持たれている。ただ単に快楽に弱いのと、解像度云々《うんぬん》の問題な気もするが、この繋がりを手放したくない。できればこの偽装結婚を維持しつつ、進展させていきたい。

愛してほしいと贅沢《ぜいたく》は言わないので、他の誰のものにもならないでほしかった。

伊織にとって、崇継が一番近い異性でいられるなら変な気を起こさないでいられる。

幸い、崇継とハタは容姿も雰囲気もあまりに違う。寮生活になり、栄養バランスのいい食事と睡眠。気分転換にと誘われて始めたスポーツに成長期が重なり、あっという間に背が伸びて筋肉がつき、顔つきも変わった。

昔の知人などは、整形でもしたのかと驚くが、残念なことに崇継は父親の若い頃によく似ている。ただの遺伝だ。けれどこれなら、ハタだと気づかれる心配はない。

崇継は大きく息を吐き、ソファから起き上がる。変な体勢で眠ってしまったせいで痺れた腕を伸ばす。眉間を揉み込み、眼鏡をかけた。

ブラインドのかかった窓の外は薄明るい。まだ始業前だろう。何時に寝たのか記憶にないが、二日ぶりのまともな睡眠だった。

ここ数日、ほとんど帰宅できていない。伊織の様子見と宅配物の搬入のため、仕事の合間に少し抜けてマンションに寄るぐらいだ。

取り調べも無事に終わり、恵蔵関係の事件で持ち上がった伊織への嫌疑も晴れた。もうこれ以上、手出しさせるつもりはない。

ある程度、彼女の安全は確保されたと思っていいだろう。安否確認のため、新婚だから、を理由にして定時退社ばかり続けるのも忍びない。周囲の目も痛くなってきた。

上司からは生温かい目で「人は変わるものなんだな」と嫌味なのか揶揄《やゆ》なのかわからないことを言われた。「そうかもしれませんね」としれっと流してはおいたが、とても居心地が悪い。

当初、崇継の急な結婚相手が捜査一課の参考人ということで、様々な憶測が飛び交った。崇継が所属する二課の事件となにか関係がある人物で、それでかばおうとしているのではないかと。まさしくその通りなのだが、事実が露見するのは面倒だった。

誤魔化す手はいくらでもあるし、最悪、父の権力を少し使う方法もある。そもそも父は、息子の結婚に興味はないが、親族が参考人であれ犯罪の疑いをかけられることは望まない。すぐに離婚しろと言われるだろうが、頭を下げて頼めば一課に圧力をかけてくれるだろう。

だが、父に借りを作りたくない。この結婚に口出しされるのも嫌なので、さて、どうするかと一計を案じていたところに、伊織がおずおずと弁当を持ってやってきた。

普段の会話から、崇継が職場で昼飯をほとんど食べていないことを知り、心配になったという。食べたくなかったら捨ててもいいから、一応、持っていってお腹が空いたら食べてほしいという。いろいろお世話になっているお返しでもあるし、ビタミン剤や携行食ですませてばかりは体に悪いと、最後は押しつけるように弁当を渡された。

内心ではとても嬉しかったのを無表情で隠し、「偽装結婚を否定する小道具になりそうだな」と言えば、「なら気合を入れて毎日作りますね！」と明るく返ってきて言葉につまった。捻《ひね》くれた態度ばかりの自分に、こうも邪気のない反応をされると、どうしていいかわからなくなる。

そして面映ゆさに顔をしかめて受け取った弁当の効果は、絶大だった。

伊織が持たせてくれる弁当は、彩り豊かなだけでなく、栄養バランスもとれているらしい。崇継が食べているのをそっと横からのぞき込んだ誰かが、そう噂していたと青木が教えてくれた。

弁当箱はワッパで、冷えても美味しいように作られていた。スープポットとデザートも別についている。

料理をしない崇継でも、だいぶ手が込んでいることはわかった。それを毎朝、伊織は鼻歌を歌いながら用意している。養護施設で、子供たちの食事を毎日のように作り、自分の弁当も作って学校に通っていたのは調査済みだ。かなり手慣れている上に、普段から子供ないそうだ。


たちの栄養状態などを見ているからか、不健康な生活をしている崇継が気になって仕方が
　おかげで、一週間もすると偽装結婚を邪推する噂はなくなり、相当仲のよい夫婦らしいという噂にとってかわった。仕事を放りだすほどに崇継が惚れていると言われている。

　仕事はきちんとこなしているので心外だ。

　なぜか崇継の好感度も上がっていると、青木が知らせてきた。誰かに押しつけたりもしていない。意味がわからない。

「そういえば、ここの数日はまともなものを食べていなかったな……」

　久しぶりに食べたインスタント食品をまずいと思った。以前は味になんて頓着しなかったのに、不思議なものだ。

　伊織の顔が見たい。声も聞きたい。あの柔らかい体を抱きしめて眠りたい。

　むくむくとわいてくる欲求に溜め息がこぼれる。

　昨夜というか数時間前だ。外に出るついでにマンションに寄り、眠っている伊織を一度抱きしめてから仕事に戻った。もう彼女が足りないのかと、自分で自分に呆れる。重症だ。

　まだ早いが、仕事に戻ろう。今、抱えているものを終わらせれば、帰宅できる。だが、それは伊織との別れが近づくということでもあった。

　立ち上がろうと浮いた腰が、再びソファに沈む。

「いっそ妊娠でもしてしまえばいいのに……」

　思わずもれた本音に、苦笑いする。避妊を忘れたことを謝罪して、なにかあればきちん

と責任をとると言い募ったのは、けっして伊織のためではない。少しでも彼女との繋がりを作っておきたかっただけだ。

伊織には話していないが、彼女には恵蔵の事件以外の件で嫌疑がかかっている。それも経済犯罪がからむ捜査二課関係だ。二課は内偵捜査が基本なので、同僚であってもどんな事案を抱えているか秘密にする。外部にもれては何年もかけて内偵した意味がなくなるからだ。

そのおかげで、伊織への嫌疑を隠すのも簡単だった。崇継のところで情報を止めるだけでいい。今回の結婚についても、内偵を進めるうちに必要だったと言い訳するのも可能だ。

伊織を間一髪で救出できたのは、先に二課で内偵していたからだった。その事件が終われば彼女との別れが待っているかと思うと、仕事をする気も萎えてくる。

始業時間まで寝直そうかと横になりかけたときだった。テーブルに置いていたスマートフォンが震えた。

手に取ると、それはマンションの玄関外に設置したネットワークカメラからの通知だった。通知を開いて録画を見た崇継は、ソファを蹴って立ち上がり部屋を飛びだす。

だが、ドアを開けてすぐ、ぶつかりそうになった人影をよけてたたらを踏んだ。

「長谷警視、どちらへ？　お父様……いえ、警備局長から呼び出しです」

相変わらず存在感の薄い青木を睨みつけて舌打ちした。

「ふう……手が痛い。湿布でも持ってくればよかった……」

痛めた手首を気休め程度に揉みながら、養護施設を目指して歩く。マンションの鉄格子は、フォトウエディングをしたホテルのトイレで盗んだ、ラチェットドライバーを使って開いた。

急ごしらえで取り付けたらしい鉄格子は、それほど頑丈な造りでもない。インテリア用といった感じだ。さすがに、本格的な鉄格子の設置はできなかったのだろう。

この程度の造りなら、ＤＩＹが得意な伊織は工具さえあればなんとかなる。ドア部分の金具を外して、あっさりとマンションから抜けだせた。ただ、思ったより硬くしまっていたネジのせいで手首を痛めたのは誤算だ。

ゲームをするために返してもらったスマートフォンには、交通系ＩＣが登録されている。ここまでくるのに交通費には困らなかった。

東京の隣県。中規模の乗換駅から徒歩十五分ほどのところに、伊織が育った社会福祉法人の児童養護施設メリアーナ愛児院はある。

駅から離れると、とたんに建物が減って視界が広がる。青空が綺麗だ。海が近いので、潮の香りと湿り気のある風が伊織の肌と髪を撫でていく。

そんな美しい景色の中、『カジノ建設断固反対！　ＩＲは必要ない！』という看板が遠くに見えた。それをぼんやり見つめながら道の端をとぼとぼ歩いていると、白いバンがこちらにやってきて止まった。施設の車だ。

「伊織！　よかった、元気そうで」

窓から顔をだしたのは、駅に着いたときに連絡した幼馴染の橋本陽菜《はしもとひな》だ。目鼻立ちのはっきりした彼女が、伊織の顔を見て安堵したように眉尻を下げる。勝気な印象が少し柔らかくなる。

彼女は伊織がさっきまで向けていた視線の先を振り返り、「ああ、あれね」とげんなりした顔をする。

「いつの間に、あんな看板できたの？」

「つい最近。ここ一体を買い取ってカジノのあるリゾート施設を造るって噂になってる。まだ本格的には決まってないみたいだけど、水面下では動いてるって聞いた。うちの養護施設でも、職員が不安がってる」

「もし、そうなったら立ち退かないとならないのかな？　引っ越し先とか融通してくれるの？」

「どうだろ。うちの施設、規模が大きいじゃん。別の場所に移転するにしても、分割して規模を縮小することになるんじゃないかって」

「そんな……みんなとバラバラになっちゃうの？」

想像したら胸がきゅっと苦しくなった。

「とりあえず、車に乗って。まだ先の話でわかんないんだから不安になっても仕方ないよ」

助手席に乗り込み、差しだされたお茶のペットボトルを受けとる。

「仕事のお休みもらえたって聞いたけど、何時までいられるの？」

前を見て運転する陽菜が、心配と猜疑《さいぎ》の混じった視線をちらりと寄越す。

やっぱり疑っているのだろう。どんなバイトをするか、どこに行くか、いつも陽菜に相談してきた。それがなく、急に住み込みバイトだと森院長から知らされたのだ。そのあと連絡したのもトークアプリのみ。なりすましができる連絡手段だけなのだから仕方ない。

「夕方には戻ってないとまずいかな」

運転席の時計は朝の七時。電車の時間を考えると、養護施設にいられるのは余裕を持って午後三時ぐらいまでだろうか。

崇継は昨夜、零時を回ってから一度帰宅している。半覚醒状態のときに彼の香りに包まれた記憶がある。起きてからリビングに宅配の段ボールが運び込まれていたので、間違いない。

だいたい二十時間ごとぐらいで崇継は帰宅する。夜から早朝にかけての時間帯に顔をだし、伊織の安否確認をしているようだ。寝ていることがほとんどなので、最近はまったく会話をしていない。それを少しだけ寂しいと感じてしまうのは、他に話す相手がいないせいだろう。

「あの老人に本を朗読するバイトが、住み込みになったんだよね？　なにか無理なこととか言われてない？」

陽菜には、以蔵の死期が近く自宅療養になり、住み込みで朗読兼家政婦のバイトをすることになったと話してある。家族が忙しくて彼の世話をできないので、家族代わりに傍にいてほしいと頼まれたのだという設定だ。

「大丈夫だよ。以蔵さんの介護は看護師さんがいるし。私は、毎日好きなことをする時間もあって快適な生活をさせてもらってるから、心配しないで」

えへへ、と気の抜けた笑みを陽菜に向ける。鋭いところのある彼女に嘘だとバレるかもしれないと内心ひやひやしたが、呆れたような溜め息が返ってきただけだった。

「まあ、その顔なら問題なさそうだね。肌も髪もつやつやしてるし、いいもの食べさせてもらってんでしょ。少し太ったよね？」

「嘘っ！　わかるほど太った？」

あせって体を見下ろし、最近ぷにぷにしてきた二の腕を摘まむ。好きに食材を買っていい上に、崇継のお弁当もあるので、いろいろ買い込んで作っている。おかげで、少し食べすぎなのだ。監禁されているので運動だってしていない。

服も楽なものばかり着ている。今日も締め付けのない、カーキ色のTシャツワンピースに厚底サンダルだ。

そんな伊織を横目で見ていた陽菜が、ふっと目を細めて笑う。

「大事にされてんだね～。心配して損した」

揶揄うような言葉にドキッとする。崇継との関係を指摘されたような気がしてあせったが、それはない。落ち着こうと深呼吸しているうちに、養護施設に併設されているメリアーナ教会が見えてきた。

正門をくぐって敷地に入ると、まず古い煉瓦《れんが》造りの教会とその向こうに海が見える。他から少し高くなった丘の上にあるここは、見晴らしがいい。礼拝や観光にきた人たちは、必ず教会と海を背景にして撮影する。

明治期に建てられたというメリアーナ教会は、歴史を感じる重厚さもあるが、小ぢんまりした造りで、レトロで可愛いと若い女性に人気だった。毎週土曜日に利用料無料で解放される礼拝堂の予約は年単位で埋まっていて、数えきれないほどのカップルが式を挙げてきた。

この教会で挙式をすると別れないというジンクスまである。そこに目を付けた外資系商社から、買い取って移築したいという申し出も過去にあったらしい。

ＩＲ事業がここで展開されることになったら、この教会も取り壊されてしまうのだろうか。それなら、今からでも買い取ってもらい移築してほしい。

今日は平日の朝なので、教会は静かだ。たまに人が訪れるぐらいだろう。シスターが扉を解放し、玄関前を掃き清めている。

陽菜の運転するバンは、教会の裏手にある駐車場に停車する。その駐車場を挟んで、海とは反対側に児童養護施設メリアーナ愛児院はあった。

一見すると、広い敷地に戸建ての建売が六軒並んでいるようだが、この家すべてが施設だ。そのうちの一軒は職員棟で、教会の近くに他より広い面積を使って建てられている。

あとの残り五軒が子供たちと住み込みの職員が暮らす家だ。

小舎制という形態で、少人数にすることで子供たちが一般的な家庭での養育に近い生活がおくれる。昔は集団生活の大舎制というものだったらしいが、毎年匿名で多額の寄附をしてくれる人がいるおかげで、ここは早くから施設を建て直して小舎制になった。そのことで増えた人件費なども、その匿名の寄附で賄えているらしい。

メリアーナ愛児院はかなり恵まれている施設だ。資金が潤沢だったおかげか、職員の人品もよく、虐待やイジメなどもない。キリスト教系ではあるが、日本の法律で信教の自由が保障されているのだからと、宗教に関係する物事を強要されることもなかった。職員も特にキリスト教徒というわけでもなく、すぐ隣に教会があるのに伊織はお祈りの文句ひとつも知らないし、聖書を読んだこともない。

そういう意味でも暮らしやすい施設だ。伊織はここで五歳から現在に至るまで穏やかに育つことができた。本来、施設で暮らせるのは十八歳までだが、延長措置で二十二歳までここで暮らすのも可能だ。国からの補助だけでなく、施設からの支援もあるので安心だった。

陽菜も伊織と同じで、ここから大学に通い、新しく入所してくる子供の世話やお手伝いをしている。

「ただいま～」

駐車場から一番近い場所にある戸建ての玄関を開く。伊織と陽菜が育った家だ。今は成人した二人の他に、少年二人と少女一人の三人の小学生が暮らしている。夏休みなので、家にいた少年二人がリビングから顔をのぞかせた。

　家の間取りは一階にリビングが広く設けられ、キッチンや風呂などの水回りと職員の部屋がある。二階は子供部屋が六室あって、今は伊織たちも含めて子供たちが五人なので、一人一部屋使えている。

「おかえり。伊織姉ちゃん、久しぶり！」

「あれ、メイちゃんは？」

　子供三人のうち一人だけいない。少年二人は顔を見合わせると、少し言いにくそうに口をもぞもぞさせた。

「……メイは母親が面会にきてるよ」

「ああ、そういえば面会依頼があったね」

　陽菜が溜め息混じりにこぼし、複雑な表情で玄関を上がる。伊織もそれに続く。

　リビングで子供たちと陽菜を交えて近況報告などをしたあとは、伊織がいない間に溜まった家事を片づけていく。みんな当たり前のように家事をしてくれるので、そんなに溜まってはいなかったけれど、成人が一人抜けるとやはり負担はある。

　天気がいいので布団を干し、シーツや枕カバーをすべて洗う。人数分取り替えるのはけっこう面倒で、伊織がいない間はほとんど洗えなかったという。陽菜も夏休み中はフルタイムのバイトと勉強があり、子供たちも宿題や同級生と遊んだりと忙しい。職員は、夏休みで面会にくる親の対応や問題解決に追われている。

「ごめんね。忙しい時期に抜けちゃって」

ベランダで一緒に物干しをする陽菜に謝る。子供たちの汚れものは多い。夏なのであっという間に洗濯物が増える。家事が苦手な陽菜が苦笑する。

「いいよ、気にしないで。伊織はいつもたくさん家のことしてくれてるし」

「私はこういうの得意だから、苦でもないし。陽菜は子供たちとよく遊んでくれるじゃん」

インドアな伊織にとって、子供たちとの外遊びは荷が重い。そのへんは陽菜が負担してくれているので、家事を引き受けることに不満はなかった。

「あ、メイちゃんだ。面会、もう終わったのかな」

陽菜の声に視線を向ける。職員棟からこちらに向かってくる少女の姿が、ベランダから見えた。とぼとぼとした足取りは重く、うつむいている。

「あの子の母親さ、大人になって働けるようになったら一緒に暮らそうって言ってるらしいんだよね」

「うん。知ってる……」

メイから直接聞いた。「早く大人になって仕事をしたい」と言っていたのを思い出す。嬉しそうに笑っていたけれど、その目は暗く揺れていた。きっとなにが不安なのかも、よくわかっていないはずだ。

「要はさ、お金稼げないならいらないってことだよね」

乾いた声で陽菜が残酷な現実を言葉にする。ここでは、こういう話をよく聞く。経済的に困って子供を預ける親なのだから、当然だともいえる。彼らなりに子を思う愛情があるのも知っている。もちろん、まともな親だっているのだけれど、メイの母親は恐らくそうではない。

「親の面倒みない子は自分に返ってくる。将来孤独になる。私だって親を看取ったんだから、メイだってしてくれるよねって言い聞かせてるみたい」

「ああ、毒親あるあるだね」

どういうわけか、毒親はみんな似たようなことを言う。親を早くに亡くして施設にやってきた伊織と陽菜は、幸いそういう経験はなかったが、この手の呪詛《じゅそ》を吐く親たちをよく見聞きして育った。

別にこういう施設に限ったことではない。一般の家庭でもよくあることだ。

だが、そんな親の面倒をみて若い時間を消費して婚期を逃がしたり、親の介護のために仕事を変えることになったりした先に、なにが残るというのだろう。結婚できなければ、毒親の言うところの面倒をみてくれる子供はできないだろうし、配偶者もいない。仕事を変えて経済力を失えば貧困となり、メイの母親みたいになる。そして親は自分より先に死ぬ。

結局それは、孤独になると脅された挙句に孤独に追い込まれるということかと、伊織は子供心にも不愉快に感じたものだった。

「親のことより自分の幸せを大切にしなよって話したけど。まだ、よくわかんないよね」

「親の幸せと自分の幸せが混在している年頃だから仕方ないよ。いろいろ消耗しちゃう前に気づけることを祈るしかないね」

冷たいようだけれど、これ以上の手出しや助言はできない。親を否定されれば反発するだろうし、施設にいる子は多かれ少なかれ親の愛情に飢えている。それに代わる愛情を渡せもしないのに、深入りするのは無責任だ。

たまに、特定の子供に親身になりすぎる職員がいる。人間同士なので、どうしても気の合う合わないや、特定の子が可愛いという感情が芽生える。そうして親密になってしまった子供のことを〝お気に入り〟という。

〝お気に入り〟になった子供は、彼らに親代わりを求めて依存しやすく、メンヘラ化することもある。最悪、抱えきれなくなった職員側とトラブルになる。中途半端な情けは誰も幸せにしないのだ。

伊織や陽菜にしても自分の人生で手一杯で、どんなに可愛くて情が移ろうとも、すべてに責任を持てないなら下手な手助けは絶対にしてはいけない。〝お気に入り〟になったとしても、適度な距離で接して見守っていくしかなかった。

子供の頃から仲がいい伊織と陽菜であっても、そういう距離感はある。でなければ共倒れになる。相手のすべてを抱え込めるほどの余裕なんてない。

「メイちゃん～！　おかえり！」

「お昼ご飯、メイちゃんの好物のカレー作ったんだ。一緒に食べよう」

さっきまでの殺伐とした空気を吹き飛ばすように、明るい声でメイに手を振る。

専門のカウンセラーでもない自分たちにできるのは、深入りすることではなく、変わらない日常を与え続けることだ。

毎日のご飯に困ることがなく、服は洗濯され、部屋は掃除されて清潔で、干された布団はふかふかで安心して寝られる。そんな毎日を、途切れることなく子供たちとおくる。ここにいれば、それが当たり前に手に入ると思えるようにすることだけだ。

無責任に手助けしたり、愛情をちらつかせて束縛してはいけない。

伊織はじりっと焼かれるような痛みを感じて胸を押さえる。ハタのからみつくような熱をはらんだ視線を思い出す。

彼にああいう目をさせたのは伊織だ。そうなるように仕向けた。

母はメリアーナ愛児院の職員で、施設の近所に伊織と暮らしていた。母に連れられて施設に遊びにいくこともあったし、そこでの話を耳にすることも多かった。陽菜とも、この頃に出会っている。

母は伊織を可愛がってくれた。きちんと愛されていたのだと思う。けれど、母が仕事にかかりきりになると、自分より施設の子供たちのほうが好きなのではないかと嫉妬もした。母を困らせたくなくて、でもこの感情をうまくのみ込むこともできずに苦しんでいた。そんなときに母が亡くなった。

もっと甘えたかった。施設の子供たちに割いていた時間を、伊織のために使っていてくれたらと何度恨めしく思ったことだろう。けれどもう、この気持ちをぶつけられる母はいない。

子供の伊織では持て余してしまう感情を抱え、それが爆発してしまいそうだった頃に出会ったのがハタだ。

母の働いていた施設に入所した伊織は、すでに〝お気に入り〟という存在を知っていた。愛情に飢えた子供がどうやって依存していくのかも、近くで見聞きして理解していた。それがどれだけ危険で、魅力的なことかも。

だからハタに声をかけた。施設の子供や職員ほど近くない。いつでも縁を切ろうと思えば切れる存在だからと、子供なりの無意識の打算で彼に近づいた。〝お気に入り〟にしたかったし、なりたかった。

明らかに傷ついていて孤独なハタは、あっという間に伊織の罠に堕ちてきた。

どうやって心の隙間を埋めてやればいいかなんて、周囲の子供たちを見ていればわかる。そういうことを身近に育ったから容易かった。

幼い伊織に依存していくハタが、年上なのに可愛いと思った。過剰にかまってきて、他の子供たちに嫉妬しているのを見ると満たされた。無邪気なふりをして歪みきっていた自分を思い出すと、今でも苦い想いが込み上げてくる。

けれど、いびつな蜜月はそう長く続かなかった。ある日を境に、ハタは施設にこなくなった。

伊織がわざと、告白された話を彼にした日だ。別に好きでもない、気を引くために意地悪をしてくるような、むしろ嫌いなタイプの男子だった。告白された直後に「私は嫌い」と言って振った相手なのに、ハタを前にしたら思わせぶりに話していた。

思い出すたび、過去の自分に虫唾が走る。雄を罠にはめる雌のようでいやらしい。

その罠に、ハタは堕ちかけた。あのとき彼は、伊織を犯そうとしていたと思う。幼くて、具体的になにをされるかわかっていなかったけれど、これでハタは伊織から離れられなくなると本能的に感じていた。

それが嬉しくてたまらないのに、なにも知らないふりで彼を見上げた。もし、陽菜が部屋に入ってこなかったら、どうなっていたか。

間違いなく、伊織のせいでハタの人生はめちゃくちゃになっていただろう。

そのあと、二人の関係はハタの受験であっけなく終わり、彼が地方の寮制の高校へ入学することでほぼ縁が切れた。

寂しくはあったが、あれでよかったのだと今は思う。きっともうハタは伊織のことなど憶えていないだろう。まともな人と縁を結んで幸せになっていることを心から願っている。伊織なんかに捕まらなくてよかった。

「伊織、洗濯物も干し終わったし、お昼にしよ」

陽菜の声にはっとする。洗濯籠は空っぽだった。

「どうしたの？　ぼうっとして」

「えっと……やっぱ二次元は最高だなって考えてた」

推しキャラはどんなに愛情をそそいでも、執着しても、距離は縮まらない。越えられない次元の壁がある。こちらがどんなに歪んでいても、推しを歪ませる心配はない。心置きなく愛することができる存在だ。

「まったく、どうしようもないオタクだね。そういう気持ち、まったくわかんないや」

二次元に興味もなければ、なにかにのめり込む性質のない陽菜はからっと笑ってベランダから部屋に戻る。理解できなくても、人の好きなものを否定しない彼女にいつも救われてきた。

ふと、崇継のことが脳裏をよぎる。彼の責任感や誠実さは、伊織の歪みごとからめとろうとしてくる。死ぬまで責任をとるから〝お気に入り〟になれと甘く囁き、彼なしでは生きられないように囲い込もうとする。

まさかと思うが、崇継の怜悧《れいり》な目とハタの熱をはらんだ視線が重なって、背筋がゾクッとした。

陽菜が階段を降りていく軽快な音が聞こえる。寒気を飛ばすように首を振ると、伊織もそのあとを追いかけた。

8

子供たちと昼食をとって、伊織は職員棟に向かった。施設の事務を手伝うためだ。バイト代も少額だが支給される。

陽菜は大学卒業後、施設で働く予定だ。子供たちとの距離の取り方が上手だからと、伊織も職員から就職しないかと誘われている。

ここに就職すれば、職員としてあの家で暮らせるかもしれない。環境が変わらない安心感に惹かれるはするが、ハタとのことを思い出すと足がすくんだ。いつかまた、同じことをする日がくるかもしれない。

だからといって、なにかしたいことがあるかというと、これといって思いつかなかった。とりあえず生活費が稼げればいい。

それに、これからどうなるのだろう。

今の監禁生活がいつまで続くのか、崇継との関係がどうなっていくのかもわからない。ただ、異常な環境だというのに、なぜか不安はなかった。崇継がしっかりしているせいだ。むしろ、今の生活から抜けだせなくなってしまうほうが不安だった。

他にも、不安はある。そのために今日は、ここにきた。

「こんにちはー。お久しぶりです」

間延びした挨拶をしながら、職員棟の玄関をくぐる。出迎えてくれた職員に挨拶し、事務室のドアを開いた。

「あら、伊織ちゃん。住み込みバイトだったんじゃないの？」

事情を知っている院長の森が、伊織を見て目を丸くする。それに苦笑を返して嘘をつく。

「今日はお休みもらったんです。ちょっとこちらに忘れ物があって、とりにきました」

森は少し首を傾げ、「あら、そうなの。じゃあ、あとでお茶でもしましょう」と微笑んで院長室に戻っていった。なにか言いたそうな目をしていたのが気になる。

「もし、お仕事が溜まってるなら、お手伝いしますよ」

事務室にいる職員にそう言うと歓迎され、いくつかの事務仕事を任された。専門的な資格は持っていないが、高校生の頃から簡単な事務は手伝っていたので慣れたものだ。大学生になってからは、少し専門的な仕事も渡されるようになり、教えてもらいながら憶えた。その中には、決算関係の書類もある。簿記の資格はないが、それなりに数字を読むことはできた。

渡された仕事の中に、怪しいものはなかった。さすがに、多くの職員の目にとまる書類に不審なものが混じっているはずもない。

仕事が一段落つき、院長室に視線をやる。開け放たれた扉の向こうで、森が仕事をしているのが見える。母が生きていたらあんな感じなのだろうか。笑い皺のある目尻が優しげな女性だ。

去年の暮れ。彼女が院長に就任して半年ほどたった頃、過去の決算書類などの整理と移動を手伝った。一つ一つはなんの問題もない内容。整理するだけなら、中身を確認する必要などなかったのに、時間に余裕もあるし後学のためにと読み込んでいくうちに、妙なお金の動きを発見した。

施設維持費の金額と業者への支払い額に齟齬《そご》があった。費用の一部が業者に振り込まれていない。もしかして横領されているのではないかと思い、差額金額がどこへいったのか探したが、整理している書類の中にその手掛かりはなかった。

森に知らせたほうがいいと思ったが、仕事の引継ぎなどで忙しくしている彼女に、伝えるタイミングを逃がしていた。

そして年を越し、今年二月のまだ慌ただしい中。伊織は成人し、亡き母からの遺産を正式に相続することになった。そこで正確に知った多額の遺産に仰天した。未成年後見人であった森に聞いたが、なぜこんなに母がお金を持っていたかは知らないと返された。

おかげで、不審な遺産のことで頭がいっぱいになり、横領疑惑のことはすっかり忘れてしまった。

だが、七月半ばのことだ。いつものように施設の事務を手伝っていた。承認印の必要な書類がでてきて顔を上げると、いつもの場所に判がない。誰かが、もとの場所に戻さなかったのだろう。

事務室にはちょうど誰もいなくて、伊織は判を探して机の間をうろうろした。やっと見つかったのは、院長室の執務机の上だった。

院長の森は出張中で不在。彼女は仕事はきちんとできる人なのだが、ものをもとの場所に戻せない悪癖がある。片づけが苦手なのだ。執務机の上は相変わらず雑然としていて、承認印を持って部屋をでるとき、伊織はそこに積まれていた手紙の束をうっかり落としてしまった。

森が出張中に届いた手紙なのだろう。様々な企業や団体、個人からの手紙を拾っていく。その中に、伊織宛の手紙が混ざっていた。

住所に「メリアーナ愛児院　院長室　気付」とある。養護施設で暮らす子供の手紙は、それぞれの小舎に届く。住所も小舎ごとにあるので、院長室に気付で届くということはあり得ない。

けれど、森は伊織の未成年後見人だ。なにかの手続き関係で、宛名は伊織だが院長室気付になることもあるのかもしれない。

差出人を興味本位で確認すると銀行からで、重要書類在中とある。触った感じで、中にカードが入っているとわかった。

もしかしてキャッシュカードだろうか。そうすると伊織名義のカードということになる。森が、無断でそんなものを作るだろうか。

伊織も、この銀行で口座を作った覚えがない。

どういうことなのか。疑問に思ったが、部屋に職員がやってきたことで、伊織はとっさにその手紙をポケットにしまっていた。

持ち帰った手紙を恐る恐る開くと、やはりキャッシュカードがでてきた。磁気不良で再発行されたらしい。ということは、けっこう前に作られた口座ということだが、伊織はここで口座を作った記憶はなかった。

ますますわけがわからない。試しにＡＴＭに入れてみて、いつも銀行の暗証番号に使っている数字を入力する。暗証番号が違うとカードが戻ってくる。他に使用している暗証番号を入れてみるが、やはり駄目だった。三回間違ったらキャッシュカードがロックされるので、ＡＴＭで試すのはあきらめた。

いったいこのカードはなんなのだろう。なぜ森宛に届いたのか。

本人に直接聞けばいいのだが、このとき得体のしれない薄気味悪さを感じて、森に連絡をとらなかった。代わりに銀行へ向かい、窓口で印鑑と通帳の紛失届を提出することにした。

身分証を見せて印鑑と宛先を変更し、通帳を再発行してもらう手続きをしながら、気味の悪さが増していった。そして数日後に届いた通帳を開いて、背筋がぞっとした。

去年からの未記入分が印字されている。遺産ほどではないが、身に憶えのないお金が定期的に振り込まれ、かなりの額になっていた。しかも、不定期に大金が引き落とされている。

そこに記載される数字を見ていくうちに、去年末に見つけた決算書類の横領疑惑を思い出した。あの誤差金額と同じ数字が振り込まれている。もう一度書類を確認してみないと正確なことはわからないが、たぶんそれと同じ数字だ。

一瞬、目の前が真っ暗になり手足が震えた。銀行窓口に駆け込んで、この口座を作った覚えがない。誰がこれを作ったのかと問い詰めたくなった。

けれどそうなると警察に通報され、施設に捜査が入る。このキャッシュカードが届いた森が疑われる。亡くなった母の親友で、昔から優しくしてくれた。施設に入ってからも、いろいろと世話を焼いてくれた恩がある。

そんな森が横領をしただなんて。なにかの間違いだと思いたいが、彼女なら未成年後見人の立場を利用して、伊織名義の口座を作ることは容易だ。

それに母の多額の遺産。もしかしたら遺産だと思っていたお金は、業務上横領で得たのではないか。今はこの憶えのない口座が使用されているが、その前は母の口座を使っていたのかもしれない。横領をしていたのは森だけでなく、母もということになる。

伊織名義の口座を作ったのは、バレたら罪をなすりつけるため。もしくは、共犯にするためかもしれない。そもそも、もう遺産を受け取ってしまったので同罪なのか。

嫌な想像が次から次にわいてきて、足がすくんだ。警察に訴えたところで、無実だと信じてもらえるかわからない。

こういうとき、味方になってくれるのは森だった。その彼女が犯人かもしれない場合、どうすればいいのだろう。

数日、悶々としていたのだが、それからすぐに誘拐されたり監禁されたりで、その悩みは隅に追いやられた。崇継との出会いが衝撃的すぎて、確証のない横領疑惑など些細なことに思えた。それに、この監禁が終わらなければ、森とは会えないだろうと思っていた。

だが、こうして抜けだしてきた。陽菜に心配をかけないためだったが、森に例の銀行口座について聞ける絶好の機会。問題は、キャッシュカードと通帳を失くしてしまったことだ。証拠がなければ、言い逃れできる。

どうしたものかと悩んでいると、職員に声をかけられた。

「伊織さん、仕事終わったの？　なら、これを理事長に届けてくれないかな」

差し出されたのは、毎月の報告書だ。快く受け取り、棟の北東にある理事長室へ向かう道すがら、理事長の井ノ上巽《たつみ》にまず相談してみてはどうだろうと思いつく。

例の銀行口座や森のことは伏せて、決算書類の不審なお金の流れだけでも報告しよう。施設運営に関わることなのだから、井ノ上に知らせるのは不自然ではない。それから彼の出方を見て、どこまで相談するか考えよう。

がばがばな計画だが、搦手《からめて》や策略なんてできない伊織には、これぐらいしか思いつかない。まあ、どうにかなるだろうと、足取りも軽く理事長室の前に到着した。

「おや、伊織ちゃんじゃないか。久しぶりだね」

ノックのあと招き入れられた理事長室は、落ち着いたモダンなインテリアでまとまっていた。井ノ上が仕事をしている執務机もすっきりと片付いていて、院長室の雑然とした感じとは対照的だ。几帳面《きちょうめん》な彼の性格がよく反映されている。

井ノ上に書類を提出したあと、少し話したいことがあると言うと来客用のソファを勧められた。彼のいれてくれたお茶を飲みながら、さっそく横領疑惑について話した。

「そうか、だからあの夜、資料室でなにか調べていたんだね。教えてくれてありがとう。早急に対処しないとならないな」

「よろしくお願いいたします。では、私はこれで」

「ちょっと待ってくれないか。次は、いつここにくるのかな？　調査する人間を雇おうと思うのだが、できればその相手にも同じ話をしてほしい」

立ち上がりかけたところを引き留められ、座り直す。

「すみません。次はちょっとわからないですね……雇用主の傍から、なかなか離れられないので」

井ノ上も、伊織が住み込みのバイトをしていることを森から聞いているので、「そうか、困ったな」と唸る。本当は、そう何度も監禁から抜けだすのは難しいのと、今回のことが崇継にバレたら、もっと厳しく囲い込まれるからだ。

「このバイトが終わってからでは駄目ですか？」

「それだと遅い……そうだ。調査会社にあてがあるので、今からすぐ連絡をとってみよう。このあと、少しなら時間をとれないかな?」

「それなら、大丈夫です。でも、三時にはここをでたいので、その前までなら」

なら大丈夫だと、井ノ上はひとつ頷き、電話をしてくるとスマートフォンを持って部屋からでていった。それからすぐ戻ってきて、先方と話がついたので教会へいくことになった。

他に聞かれたくない話なので、告解室を使うという。懺悔《ざんげ》室と言われることもある教会の告解室は、信者が秘密などを打ち明ける特性上、声が漏れないようにできている。最近、教会を修繕した際には、告解室の壁を防音にしたそうだ。

調査会社の人は三十分ほどでこれるので、先に告解室で詳細を聞きたいと井ノ上が言う。撮影した過去の決算書類の写真も見たいらしい。ついでに、例の口座を相談するチャンスだ。

森のことは伏せて、記憶にない銀行からキャッシュカードが伊織宛に届いたと話すだけでいいだろう。もしかしたら、森がまったく関与していない可能性だってある。

そんなことを考えながら、井ノ上について教会に向かった。

告解室は、教会の礼拝堂から出入りする信者用のドアと、主祭壇の右手にある神父控室から出入りするドアがある。信者と神父が出入りで顔を合わせることのない造りだ。

井ノ上に連れられ、神父控室から告解室に入る。

部屋の中は告解する側と神父側で別れていて、間仕切りの壁の前には長時間座っていても大丈夫そうな一人掛けのソファが置かれ、壁に造り付けの机がある。間仕切りの向こうの、信者部屋のほうも似たような配置らしい。

壁と机の接地面には物をやり取りできる細い窓口があり、その上には会話をするための通声穴があった。

まるで宝くじ売り場の透明アクリル板みたいだが、匿名性を保つためにお互いの顔は見えないようになっている。通声穴には布が貼られ、窓口は手がぎりぎり通るぐらいの隙間しかなく布がたらされていた。のぞき込むのは難しそうだ。

背後で、ドアに続いて鍵がしまる金属音が冷たく響く。なぜ鍵まで、と振り向こうとした瞬間、首になにかが巻きついた。叫び声を上げる暇もなく、後ろに引っ張られ足が浮く。井ノ上に背負われるようにして首を絞められていた。

「ごめん。ごめんね……伊織ちゃん」

苦しげに謝る井ノ上の声が聞こえた。巻きついた紐《ひも》に爪を立ててもがくが、抵抗にもならない。苦しさに意識がふわっと飛びかけた。

ダンッ、と重い金属音が響いたかと思うとドアが乱暴に開き、伊織の体がどさりと床に落ちる。首に回っていた紐も外れ、一気に肺に流れ込んできた酸素にうずくまって咳き込んだ。背後では争う音が聞こえる。喉を押さえながら振り返ると、井ノ上が背後から首を絞め上げられている。

崇継だった。彼は無表情で、もがく井ノ上の顔色を観察しながら、絞める腕の力を調節している。まるで作業のような、淡々とした動きだった。そして空いているもう片方の腕で暴れる井ノ上の肩を羽交い絞めにすると、後ろへ引く。ごきっ、という鈍い音がした。

井ノ上は小さく呻き、口からを泡を吹いて白目をむき力を失くす。音のした片腕は、だらりと気持ち悪いほど伸びている。その体を床に放った崇継は、いつもの三つ揃いのスーツを軽く整え、何事もなかったかのように前髪をかき上げ眼鏡を直す。息ひとつ、乱れていない。

荒事のあとだとは思えない洗練された動作に思わず見惚れそうになったが、伊織のほうを向いた視線に青ざめる。

「無事か？」

安否を確認しているとは思えない底冷えする声と、恐ろしく剣呑な目つきにすくみ上る。どう見ても人殺しの目つきだ。顔が整っているだけに迫力もある。

助けてもらったのも忘れ、崇継から逃げるように後退り、背後の壁にすがりついた。次は自分が殺される気がする。

「こ、ころ……っ」

「殺してない。腕の関節を外して、失神させただけだ」

涙目で震えていると、盛大な溜め息が降ってきた。崇継は苦い表情で「とにかく、間に合ってよかった」とつぶやき、転がった井ノ上の脇腹を蹴り上げる。それから非常に苛立った様子でどこかへ電話をかけた。

「すぐに教会の神父側告解室までこい。一体、処分が必要な奴がでた。ああ、そっちで好きにしていい」

唇を歪めて笑う、崇継の目が暗くて怖い。どう聞いても悪役としか思えない電話内容にも、血の気が引く。自分を殺そうとした井ノ上を不憫に思うほど、崇継から漏れる空気が不穏だった。

処分……なにをするのか、考えてはいけない。腐っても警察だから、大丈夫だと思いたい。

崇継は電話を切ると、井ノ上の横にしゃがみ込んで服を漁りスマートフォンを取りだす。失神している彼の手をとって指紋認証を解除した。

「ふむ……そういうことか」

画面をスクロールさせながら、なにかに納得して頷くと、崇継はフリック入力を始めた。誰かと連絡を取り合っている。しばらくすると、告解室に控えめなノック音が響いた。すうっと影のように入ってきたのは、青木だった。

崇継は、彼に目線と顎をしゃくるだけで指示をして、スマートフォンの操作を続ける。青木は心得たように頷き、背後に目配せした。気配がないので気づかなかったが、他にも人がいた。

帽子を目深にかぶった宅配業者の恰好をした男性が二人、手際よく井ノ上を縛り上げ猿《さる》轡《ぐつわ》をかませると、台車に載った大きなダンボール箱につめて運びだした。

その間、崇継はスマートフォンを見せて小声で青木になにか命令していた。

「それでは、失礼いたしました」

青木は静かに一礼すると、入ってきたときと同じように音もなくドアを閉めて去っていく。わずか数分の出来事に、伊織は目を丸くして見ているしかできなかった。

「さて、いろいろと説明してもらおうか？」

笑顔だが怒気をはらんだ目線がこちら見下ろす。伊織はぺたりと壁に貼りつく。三畳ぐらいしかない告解室で、出入り口には崇継が立ちはだかっている。逃げ場はない。

たった一歩で距離をつめた崇継に腕を掴まれ引っぱられるが、立ち上がれない。

「腰が抜けてるのか？」

「だ、だって……あんな……」

誘拐されるまで、普通に生活してて暴力行為に立ち会うことなんて皆無だったし、人が泡を吹いて白目をむいて失神するのなんて初めて見たのだ。その上、作業のように人の首を絞める崇継が発する殺気。怯えるなというほうが無理がある。

びくびくしながら見上げると、ひょいっと抱き上げられ、ソファに腰かけた崇継の膝の上に下ろされた。

近づいた目線に心拍数が上がる。恋のときめきなんて可愛いものではなく、生命の危機だ。冷汗がだらだらと流れる。

「……怒ってます？」

「当然だろう。勝手に抜けだして、こんな目にあって」

　勝手にというが、そもそも勝手に監禁したのはそっちなのに、怒られるなんて理不尽だ。この威圧も、パワハラなのでは。なぜ不当に責められなくてはならないのかと、怯えつつもじとっと彼を見つめ返す。

「なにか文句があるのか？」

「好きで監禁されていたわけではないので……」

「快適な生活ではなかったか？　毎日、好きなことばかりさせていたはずだが？」

「たしかに……毎日が充実はしてました」

　そうだろう、というように崇継が頷く。生活面に関して不満はなかったので、言葉につまる。

「それはともかく、怒られるのは納得できません！　私、悪くないです！」

　不機嫌な崇継は恐ろしいが、しっかり主張はする。

「そうだな。悪いのは井ノ上だが、なんの相談もなく抜けだした上に、警戒心もなくのこのこついていき、男と密室で二人きりになるのはどうなんだ？　そんなんで、よく今まで無事に生きてこれたな」

「ううっ……私が迂闊なのかもしれませんが、密室だからって人を襲っていいことにはなりません。被害者が責められるのはおかしいです！」

　崇継の言いたいこともわかる。けれど、「痴漢にあうほうも自衛が足りない」と批判されるのと同じで、受け入れられない。悪いのは加害者だ。

「それに、こんなんでも生きてこれる人生だったんです。最近がおかしいんですよ！」

なぜだか知らないが誘拐事件に巻き込まれた。横領疑惑の件も、伊織はなにも悪いことはしていない。それなのに恐ろしい目にあい、崇継に睨まれるなんてあんまりだ。

だんだんと腹が立ってきて、むうっと唇を尖らせる。

「別に君に怒ってるわけではない。もっとしっかり監禁しておかなかった己の不手際に憤っているだけだ」

それはそれで怖い。しっかり監禁とはなんだろう。鎖で繋がれるのだろうか。あり得るな、と想像して口元が引きつった。

「それから、出かけに足止めをくらって、君を迎えにくるのが遅れた。それで少しイライラしていた」

よほど嫌なことがあったのか、こめかみあたりの血管が痙攣している。けれどすぐに刺々しさは引いて、気まずそうに視線をそらす。

「すまない……怯えさせて、悪かった。心配していただけなんだ」

そう言って、そっと抱きしめてくる崇継の腕は優しくて、なだめるように背中を撫でてくれる。それだけで、理不尽な怒りも恐怖も溶けてしまうのだから厄介だ。

前に、男好きの知り合いが「男の人って泣きたいときとか不安なときに怒るのよ。正直、迷惑だし、女性にとっては恐怖なんだけど、怖がってるのかなって思うと可愛く見えちゃって困るのよね」と言っていた。ああ、そういうことなのかなと。

たしかに頭を撫でてあげたい気分だ。完全に絆されている。

「ところで、よく居場所がわかりましたね」

実際に頭をよしよししたら怒られそうなので、話題を変えた。崇継はぎゅうっと抱きしめる腕に力を入れると、こともなげに言った。

「GPS追跡アプリも入れずにスマートフォンを返却するとでも思っていたのか？　あと玄関にネットワークカメラが設置してある。すぐに通知がきたので、青木にあとを追わせた。私は用がすんでから駆けつけたんだ」

やっぱり国家権力持ちストーカーは怖い。可愛くないなと考えを改める。

「さすがに青木も職員棟まで入って見張れなかったが、代わりに森院長から連絡がきた。おかげで、君が理事長室へ向かったと知ることができた」

内緒で抜けだせたと思っていたけれど、すでに森へ根回しずみだった。追跡アプリがなくても、居場所を特定されていただろう。

崇継の腕の中で脱力する。脱走したつもりで、ずっと崇継の掌の上だった。

けれど森がこちら側の人間ということは、横領には関わっていないのかもしれない。崇継なら、彼女の身辺を徹底的に洗ってから協力してもらっているはず。経済犯罪を扱う捜査二課なわけだし、横領疑惑のある人間を野放しにはしない。

となると、横領に関わっているのは井ノ上だ。伊織が決算書類について相談したせいで、襲われたのだろう。たぶんこれも、崇継に聞けばわかる。

なんだか面白くなくて睨むように見上げると、なぜかちゅっと軽く口づけられた。そういう雰囲気ではなかったはずだが、彼はなにか思うところがあるのか、切なげな目で眉根を寄せる。

視線がすっと下へ移動し、指先が首を撫でた。

「痕になってるな……」

絞められた場所だろう。痕をたどるよう動く指先に、背筋がぞくりと震える。

「痛くないから大丈夫ですよ。すぐに消えるでしょう」

気に病んでいるふうの崇継を慰めるようと、軽く笑い返す。だが納得いかないのか、彼は眉間の皺を険しくして、大きな掌で包み込むように伊織の首を撫でた。

顔つきとは反対のいたわるような触れ方がくすぐったい。指の腹で少し強くなぞられると、肌が甘くざわついて喉が鳴った。

「う……んっ、ちょ……もう、くすぐったいです」

変な声がでてしまいそうで、恥ずかしい。首をすくめて、崇継の手から逃げようとすると、首筋をするりと撫で上げられ顎をとられた。

「あっ、待って……ぅんッ！」

唇が重なり、開いていた隙間に舌が入ってくる。ぬるり、と探るように口腔を舐められ、舌先が触れ合う。すぐに口づけは深くなり、角度を変えて何度も貪られる。顎をつかまれているせいで、顔をそらせない。濡れた音がどんどん大きくなっていく。

高まってくる熱にあせる。ここは告解室だ。いくら防音でも、さっき崇継が鍵を壊してしまったようだし、いつ誰が様子を見にくるかわからない。

「んっ、んんぅ……ッはぁ。やぁ、まって……」

胸をどんどんと叩くと唇が離れ、中をねぶりながら舌が抜けていく。ぬぷっ、といういやらしい音に腰が震える。

「駄目。ここじゃ……」

「こんな場所に連れ込まれるそっちが悪い」

「言いがかりです。こうなるなんて知らなかったんですから」

「だったら、二度としないようにそれ相応の躾が必要だな」

互いの吐息が混じる距離で、崇継がすっと目を細める。躾だなんて、人権無視かと思えるような言い草なのに、彼に抱かれる悦びを知っている体は期待で甘く疼く。

「それに久しぶりで、離したくない。もっと触れていたい」

家まで我慢できないと、腰に響く低音で懇願するように囁く。反則だ。そんなふうに求められたら、拒否できない。

「でも、誰かきたら……」

「そのときは口をふさいでやろう」

崇継が悪い笑みを浮かべ、伊織の首筋に顔を埋める。

「ん、ひゃぁ……ッ！」

かぷり、と首を噛まれた。絞められた痕があるあたりだろう。そこへ舌を這わせたり吸いついたりされる。たまに、ちくっとした痛みが走る。

「ぁんっ、あっ、あぁ……やんッ！　痕が……っ」

「絞められた痕があるのは気に食わない」

獣みたいに歯を立てられ、くすぐったさと痛さが混じる。逃げようにも、膝の上で抱きかかえられているので、嬌声を漏らして身をよじるしかない。

強く吸われると、下腹部が熱でずくんと重くなった。体から力が抜けていく。それを見越したように、ワンピースをたくし上げて入ってきた大きな手が太腿を愛撫する。膝から撫で上げ、合わさった脚の間に指が入ってきた。

「濡れてるな」

耳を甘噛みしていた崇継が艶めいた溜め息を漏らし、蜜の染みたショーツを指先でこする。微妙な刺激がもどかしい。つい、脚の力を抜いて、受け入れるように開いてしまう。

こんな場所でと言いながら、快楽に弱くて、すぐにもっとほしくなる。ショーツの端から侵入してきた指に、あられもなく喘ぐ。

「あっ、ああぁっ……崇継さ、んっ……ひゃあぁ、ンっ」

指が閉じた襞の上をなぞったかと思うと押し開き、蜜があふれる。それを塗り込むように指先が肉芽を押しつぶし、襞の間をぬちゅぬちゅと音をさせて行ったり来たりする。

「はぁ、んっ……もっと、してください」

腰が揺れ、鼻を鳴らして甘くねだる。膝の上では動きづらくて、気持ちいい場所になか

なか当たらない。

「たかつぐ、さん……ってばぁ」

「いやらしい。これでは、躾にならないな」

そう言いながらも、見上げた崇継は無表情なのに視線だけは熱を帯びている。素直じゃ

ない。誘うように、ぎゅうっと彼の袖を引っぱった。

「皺になるからやめなさい」

「あぁんっ……！　いやぁ！」

たしなめるように、指が蜜口に押し入ってきた。乱暴にぐぐっと根本まで埋められ、衝

撃に袖に立てていた爪から力が抜ける。

「ひゃぁ、あっ、あンッ！　ま、まって……ぇッ」

埋まった指が、中をえぐるようにかき回す。ぐりぐりと気持ちいいところを引っかきな

がら、長い指が抜ける。けれどすぐに、ずくんっと突き入れられた。蜜口が広がり、蜜が

したたる。指が増やされたのだ。

性急でいつもと違う求められ方に興奮する。手指の愛撫は荒っぽいのに、髪や目尻、唇

に降ってくるキスは甘くて優しい。崇継のこういうところがたまらなく好きで、ずぶずぶ

とハマって抜けだせなくなりそうで怖くなる。

指をのみ込んだ中が、きゅうきゅうと収縮する。もっと、もっとと言っているみたいだ。

「ぁあんっ……！　はぁ、あぁ……やぁ、もうっ」

「ほしいのか？　だったら、ここに手をついて立て」

ショーツを下ろされ、机に誘導される。言われるまま手を置く。崇継に腰を突きだすかっこうにされ、スカートをまくられた。

「少し脚を開いて……そう、いい子だ」

素直に従うと、後ろから覆いかぶさってきた崇継がこめかみにキスしてくれて、胸がきゅうっとした。

脚の隙間に太くて硬いものが、ぬるりと入ってきた。先端で肉芽をつつき、慣らすように襞の間を行き来する。蜜液がぬちゅぬちゅと音をさせ、崇継の欲にからみつく。先端が蜜口を押し開くようにこすりつけられると、物欲しさにひくんっとお腹の中が痙攣した。

「ひぅ……っ、あぁっ、気持ちいい……」

待ち切れなさに腰が自然と揺れ、だらしなく唇が開く。漏れた声も息も、淫らに濡れていた。

襞を乱すように、崇継の熱をこすりつけられる。時折、切っ先が蜜口をつつく。ひくひくするそこを割るように、先っぽが浅く入ってはでていく。もう我慢できなくて、自ら蜜口を押しつけてねだった。

耳元で、崇継がくつりと笑う。

「これが欲しいのか？」

「あっあぁぁ……お願い……っ！」

疑似的な交わりで痙攣がとまらなくなった下の口に、硬い先端がぐっとめり込む。性急に指でほぐされたそこは、まだ少し狭い。広げようと浅いところを、とちゅ、とちゅ、とうかがうように突かれる。

「あんっ……！　も、いれ……てぇ……ッ」

奥がきゅうっと震える。崇継を求めて腰を後ろに突きだすのと、穿《うが》たれるのが重なった。

「やあぁっ、ああぁッ……！」

隘路を押し広げ、一気に奥まで貫かれる。内壁を強くこすられた刺激で、びくびくっと背筋がしなって達した。中は激しく痙攣して崇継を締めつけ、その形がわかるほどだ。動いてもいないのに、こすられた感じがしてすぐにまた体が疼きだす。それを見透かしたように、崇継が腰を揺すった。

「ひゃあ、んっ！　いやぁ、まだ……らめぇ……ッ！」

達してすぐで敏感になっている中を嬲られ、悲鳴を上げる。逃げようとする腰を摑まれ荒々しく突き上げられ、身をよじれば背中から覆いかぶさられた。

ワンピースの中に入ってきた手が乳房を揉みしだく。下肢を撫で回していた手は、腰の動きに合わせて肉芽を弄んだ。

「あぅ、だめぇ……ッ、はぁっ、ああぁ、あっンっ、やぁんっ！」

ずんずん、と強く穿たれ、腕に力が入らなくなる。机に肘をついて縋り、嬌声を上げるしかできない。

さらに奥をひと突きされ、びくんっと体が震える。またいってしまいそうな感覚に喘ぐと、唐突にブルっと机が振動した。驚いて視線を上げる。ずっと置かれたままのスマートフォンだった。

「えっ……なに？」

「ああ、やっときたか」

崇継はスマートフォンに手を伸ばし、タップして通知を開く。素早く操作して、返信したらしい。のぞき込もうとしたら中を深くえぐられ、後ろから大きな手で口をふさがれた。

「少し、大人しくしていなさい」

意地の悪い声が耳元でしたかと思うと、告解室の信者側ドアがノックされる。

緊張に体がこわばった。なのに崇継は、後ろから緩く腰を揺すりながらスマートフォンでまたなにか送信する。直後にドアが開き、誰か入ってきた。

「例の女はどうした？　こちらで処分しなくて、本当に大丈夫なのか？」

「少しトラブルがあった。彼女はこちらでどうにかする」

低い押し殺した声が聞こえ、崇継がそれに声色を変えて応じる。井ノ上の声に似ていた。

もしかして、例の女というのは伊織のことか。調査会社だといって呼びだしていたのがこの男で、殺した伊織の処理を頼もうとしていたのか。

物騒な内容に血の気が引く。なのに崇継が少し身じろいだせいで、繋がった場所が疼いて喉が震えた。じりじりとした快楽が込み上げてきて、気を抜くと伊織のほうが腰を揺らしてしまいそうだった。

「それで、例のものは？」

「これだ。そちらで上手く利用してくれ」

崇継がジャケットを探る気配がして、机になにかを置く。見覚えのある例の伊織名義の通帳とキャッシュカードだった。それを窓口から向こうにすべらせる。受け取った男は、すぐに告解室をでていった。

「なっ……なんで、あれを……ひんっ、あぁッ！」

ドアが閉まると同時に、口を解放される。問い詰めようと振り返りかけて、喘いだ。犯す角度が変わって、弱いところがこすれた。それをいいことに、崇継が動きを再開する。

「やぁ、やんっ……！　まって、なんで……あぁぁンっ、らめぇ……！」

「君はまだ知らなくていい。それより、こっちだ」

疑問をかき消すように、崇継の抽挿が速くなる。がくがくと乱暴に扱われ、あっという間に快感に思考が回らなくなった。

「ひぁっ、んんっ！　アァァ……ッ、きちゃう……ッ！」

ぎりぎりまで高まっていた熱が、また弾ける。もちろん、いった余韻にひたる暇などくれない。激しくうねる中を蹂躙されるとすぐにまた達して、それを繰り返す。

「やんっだめぇ……これっ、やらぁ……ッ！　ひゃぁ、とまんないの……っ！」

すぎる快楽に、いきっぱなしになる。子宮口も先端でごりごりと押し上げられ、なにも考えられない。

速くなっていく抜き差しに、崇継の限界も近いのだろう。背後から逃げられないよう抱え込まれ、より深く欲望をねじ込まれた。

「ああぁんっ……！　アァ……ッ」

崇継の熱と一緒に昇りつめ達する。中に吐きだされる精液に、お腹がぴくぴくと震える。体を包む満足感に恍惚《こうこつ》として息をついていると、男の欲を美味しそうに飲んでいた隘路から楔《くさび》がずるりと抜けた。

名残惜しそうに蜜口がひくつくのが恥ずかしい。そのまま床に崩れそうになる体を反転させられ、机に載せられた。

「はぁ、あぁ……崇継、さん……？」

「まだだ。足りない」

「えっ？　ちょ……待ってください！」

抗議は無視され、机からお尻が浮く。壁に背中を押し付けられ、膝を抱え込まれた。そこに、犯されて緩んだ蜜口が、ぱっくりと開いて精液の混じった蜜がとろりとこぼれる。そこに、すでに力を取り戻した崇継のものをあてがわれた。

「やぁっ……無理……ッ、ひゃぁンっ！」

抵抗もできず、自重でずぶずぶと根元までのみ込む。伊織は、目の前の崇継に縋りつくことしかできない。

深くえぐられたまま揺さぶられる。激しい抽挿ではないけれど、さらに奥へと入り込み、子宮口を突いてくる。繋がった場所から蜜があふれ、ぬちゅぬちゅいう。

嬌声さえも奪うように唇が何度も合わさり、濃厚になる交わりに頭がぼうっとしてくる。体の奥まで崇継でいっぱいにされて、蕩けてしまいそうに熱い。

「伊織……君のことが……」

口づけの合間に、崇継がなにか囁く。甘ったるい声が耳朶をくすぐったけれど、快楽にのまれてよく聞きとれなかった。

そして、何度目の絶頂かわからないほど貪られたあと、伊織は意識を失った。

9

『収賄の罪に問われているのは、児童養護施設メリアーナ愛児院の理事長、井ノ上巽。贈賄側はロアルド総合商社の日本支社の社長……また、ロアルド総合商社はＩＲ事業に参入するため、ＩＲ担当副大臣の野々村一《ののむらはじめ》議員に対しても贈賄行為があったとして、東京地検特捜部が現在調査中で……』

数日前、泡を吹いて失神していた井ノ上が、悄然《しょうぜん》とした様子で車に乗せられていく映像が流れる。その背景には、よく知る養護施設の職員棟が映りこんでいた。

久しぶりにテレビをつけたらこれだ。あまりの超展開に、伊織は呆然とする。

その向かいの席では、連日の泊まり込みから昨夜帰宅し、たっぷりと睡眠をとってつやつやとした顔の崇継が朝食のパンを食べている。

「え……どういうこと？」

「父が、今受け持っている仕事から手を引いて、君と離婚しろと命令してきたから、ムカついて情報を特捜部に流してやった。ついでに野々村の手下に君の口座を渡してやったら、まんまと引っかかった」

崇継が暗い微笑みを浮かべマグカップに口をつける。

「……話が飛躍してて、まったくわからないのですけど？」

特捜部とは、検察庁の特別捜査部で政治家の汚職など大きな経済犯罪を取り扱うところだ。どうやら井ノ上の事件はＩＲがからんでいるらしく、捜査二課では扱いにくく特捜部が捜査に乗りだしたというのは、オタク的な知識でなんとなく理解できた。

だがなぜ、崇継の父まででてくるのだろう。手を引けと特捜部から、父親へ連絡があったとかだろうか。でもそれだと、崇継が特捜部に情報を渡す意味がわからない。矛盾する。

『尚、この事件に警察庁職員も関わっているとのことで……』

まだ贈収賄事件のニュースが続いていたテレビを振り返る。口元が引きつった。

もしかして、この警察庁職員というのはと想像して崇継に視線をやると、ふっと口元が邪悪に歪む。こちらの考えを読んで肯定しているように見えた。

この人、父親を売ったに違いない。

「……でも、警察庁職員って。局長とは言ってないし」

彼の父親ではないかもしれない。そう思ってこぼすと、崇継が鼻先で笑った。

「嫌疑が固まる前に降格して、大それた肩書がでないようにしたのだろう。警察の恥だからな。他にも、逮捕前に辞職させて無職にする手もある」

小さな可能性について聞いてみたら、しょっぱい現実を聞かされてしまった。

「ロアルドはいい天下り先だったらしいな。残念だ」

要するに、崇継の父はロアルド総合商社に天下りする見返りに、贈収賄事件の隠蔽という か、見ない振りをする約束だったのだろう。けれど、息子がこの件を捜査しているのに気づいて、手を引くよう圧力をかけたら特捜部にチクられ裏切られたというわけか。父親が関わっているのだから、保身で息子も口をつぐむと思っていたのだろう。

「えっと、大丈夫なんですか？　警察での崇継さんの立場とかは……」

「問題ない。嫌いな人間が失脚して気分がいい」

そうだった。警察官の仕事にこだわりはなく、いつ辞めてもいいと言っていた。一緒に生活するうち、彼が学生時代に投資で築いた資産があることも知っている。父親のせいで失脚しようが、解雇になろうがどうでもいい人なのだ。

あと、前に言っていた警察になって陥れたい相手というのは父親だったのだろう。

はぁ、と溜め息をついてテレビに視線を戻す。まだ捜査が始まったばかりなのか、詳しい内容は報道されずに、次のニュースに移っていた。

「それであの……結局、この事件。どういうことなんですか？　それと私の口座は？」

「簡単にまとめると、井ノ上は君に無断で口座を開設し、それを介して施設の資金を横領していた。そしてなにかあったら、すべて君に罪をなすりつける計画だった。彼はギャンブル依存症だ。借金がかなりある。これは業務上横領事件で、ＩＲの贈収賄とは別件だ」

こちらの横領事件を崇継の部下が内偵していたという。以前から怪しい動きを察していた施設職員からの通報があったそうだ。

この事件だけならとっとと逮捕していたのだが、そこにＩＲの贈収賄事件がからんできて、しばらく井ノ上を泳がすことになった。

「次に贈収賄だが、ＩＲに参入したいロアルド総合商社が担当副大臣の野々村に賄賂を贈り、便宜を図ってもらうよう頼んだ。その中に、メリアーナ教会を手に入れたいというのがあった」

なんと、以前にメリアーナ教会を買い取り移築したいと打診してきた外資系企業というのは、ロアルド総合商社だったそうだ。そういえば崇継とフォトウエディングをしたホテルはロアルド東京だった。他に保険会社なども経営しているので、警察の天下り先にもいい企業だ。

あの建設予定で伐採していた場所に、メリアーナ教会を移築する計画だった。

「そこで野々村は井ノ上を脅し、横領をバラされたくなければ養護施設の土地ごとメリアーナ教会を売却する書類にサインするよう指示していた。土地はＩＲ事業に、メリアーナ教会はロアルドのホテルにと」

無料で貸しだしているので知らなかったが、メリアーナ教会はかなり需要が高いらしい。崇継が言うには、それなりに儲《もう》けが見込め資産価値がある上に、ＩＲ事業の候補地に含まれていたから目をつけられたそうだ。

けれど養護施設に毎年多額の寄付をしてくれる匿名の人物が、土地や教会の売却に強固に反対していた。この匿名の人は、施設の経営に口出しできる権利がかなりあるらしい。

誰なのか聞いたが、伊織の知らない人物だからと教えてはくれなかった。

「そうだったんですね。あ、もしかしてウエディングプランナーの花房さんって……」

内偵中の捜査員だったのだろうか。それなら伊織のアリバイ偽装にも協力してくれたのもわかる。

崇継を見ると、さあなと言うように肩をすくめられたが、なぜかほっとした。仕事上の関係なのかと思うと、じわりと胸に嬉しさがにじんできた。

「ん？　あれ、それじゃあ私が花屋敷家の遺産相続に巻き込まれて誘拐されて、殺されそうになったというのは？」

「それは、また別件だな。捜査一課の領分だ。こちらでわかっているのは、井ノ上は花屋敷家の親類で、遺産相続の取り分に不満があった。君と恵蔵氏をまとめて殺せば、相続話は白紙に戻り、君に横領の罪もきせられるので一石二鳥だ」

ついでに遺産相続のおこぼれがあれば、借金の穴埋めにもなる。井ノ上にとって美味しいことずくめだった。

「あ、そういえば恵蔵さんはどうなりました？」

「それなら先週に意識が戻って事件当日のことを話せるまで快復したところだ」

あの日、恵蔵は伊織を人質にされ、呼びだされたそうだ。普段、彼についている護衛や秘書を置いて指定の場所に向かい、襲われて意識を失った。あとは車ごと崖下に落とされた。

たかがバイトのために危険をおかしてくれるなんて、どれだけいい人なのだろう。彼が雇用主でよかったが、伊織のせいで大怪我をさせてしまったかと思うと胸が痛んだ。

「要するに、事件が三つからんでたんですね」

そのせいで、崇継たちはすぐに井ノ上を逮捕できず、様子を探っていたそうだ。ＩＲの贈収賄事件、業務上横領事件、それと誘拐殺人未遂事件。この三つのうち、横領と誘拐殺人未遂に関わっている井ノ上は、かなりの罪に問われそうだ。

「おかげで、だいたいわかりました。私、けっこう危うい立場だったんですね」

これがミステリなら、第一話で死体として登場するモブ女子大生だろう。

それにしても井ノ上が花屋敷家と親類関係だったとは、妙な縁もあるものだ。それとも恵蔵は、伊織がメリアーナ愛児院で世話になっているのを知っていたのだろうか。少し気になる。

あと、なぜ伊織名義の口座が横領に使われたのか。井ノ上は、理事になる前は院長で児童の保険証を預かる立場にあった。作ろうと思えば、誰の口座でも開設できたのに、なぜ伊織が選ばれたのだろう。適当に選んだだけかもしれないが、恵蔵との繋がりも考えると、ただの偶然と思えない。

崇継に聞いてみようかと顔を上げると、やけに真剣な目でじっと見つめられていた。

「伊織、これでもう君が狙われることはない」

体がびくっとこわばる。鼓動が嫌な感じに速くなり、膝の上に置いた指先が冷たくなっていく。

これは別れの言葉だ。唐突すぎて、頭が真っ白になった。

結婚なんてするつもりがなかったとか、解像度が上がるからエッチをしてみたかっただとか言っていたくせに、なぜこんなに怖がっているのか。偽装結婚なのだから、いつかは離婚しなければいけないとわかっていた。なのに、気持ちより先に体のほうが拒否する。

「私たちが、このまま結婚を続ける意味がなくなったわけだが……」

視線を落とし、震えそうな指を握って身構える。

「別れたくない」

想像していたのとは違う言葉に、ぽかんとして目を見開く。崇継は少し緊張したような面持ちで、こちらを凝視している。

「このまま結婚を継続しないか？」

いつもは冷静で落ち着いた崇継の目が、すがるようにこちらを見ている。なぜ、そんな目をするのだろう。

離婚の話ではなくて安堵したのに、彼の気持ちがわからなくて指先は冷えたままだ。

「えっと……なんで？」

「すぐに離婚するのは外聞が悪いし、やっぱり事件関係で結婚したと思われるのも周囲の心象が悪い。ちょうど父が不祥事を起こしたばかりというのもある」

「ああ、そっか。そうですよね……」

納得の理由に、体から力が抜けていく。なにを期待していたのか。

崇継も誰かと結婚する気などなかったと言っていた。今回は偽装で、仕事で必要だから結婚しただけ。そこに恋愛感情はない。婚姻を継続するのも実利があるからだ。

体の関係を持ったのだって、たまたま。非日常に巻き込まれ、二人とも興奮状態のところに酒が入って流された。そのあとは、なんとなく気持ちがいいから関係が続いた。求められて嫌な気はしなかったし、伊織から誘ったことだってある。

特殊な環境下だったとはいえ、合意の行為だった。だから日常に戻っても、あのときは関係を持つしかなかったと言って、崇継を責めたりする気はない。

けれど、あふれそうなこの想いは違う。勘違いだ。ストックホルム症候群か吊り橋効果だから、早く忘れないといけない。

それに誰かを好きになるのは怖い。愛するのは二次元だけでいい。

「わかりました。いいですよ。崇継さんの都合のいいようにしてください」

にっこり微笑んで返す声がどこか上ずっている。大丈夫だろうか。きちんと笑えているかわからない。

「本当にいいのか？　こちらの都合で、一生離婚しないかもしれないぞ？」

崇継が驚いたように目を見張る。

別に問題ない。誰とも結婚する予定はなかったのだ。一生、偽装結婚でなにが困るのだろう。むしろ結婚しているほうがいいことも多い。

「いいんじゃないですか。ほら、配偶者控除とかあってお得ですし、病気になったときに家族がいると安心ですよね。事故のとき手術の同意書にサインしてもらえますし。私、養護施設をでたら頼れる人って誰もいませんから、助かります」

言っていて少し悲しくなってきた。崇継より、伊織のほうが結婚の継続で恩恵がある。

「だから、私にも好都合です。崇継さんがずっと夫でいてくれるのは安心します」

このまま離婚しないですみそうだ。それなのに、胸の隅がしくしくと痛む。その痛みは勘違いだと、何度も自分に言い聞かせる。

「そうか。ならよかった……これからも、よろしく」

「はい。末永く、よろしくお願いします」

そう返事をすると、崇継の顔からこわばりがとれ、唇がふっと弧を描き目元が緩む。本当に嬉しそうな自然な笑みに、思わず見惚れていると「末永くか……」と小さくつぶやくのが聞こえた。

「では、いってくる」

崇継が椅子にかけてあったジャケットをとって立ち上がる。今日はゆっくりとした出勤で、事件の後始末をして早めに帰ってくるという。

見送りにいこうと顔を上げたら、テーブル越しに屈んだ崇継の顔が間近にあって、奪うように口づけられた。

「帰ってきたら、今後のことを話し合おう」

崇継はそう囁いて目を細め、今度は頬にキスをして玄関に向かった。慌ててその背中を追いかける。

今のはなんだ。なんなんだ。

頬が熱い。頭の中は疑問符でいっぱいだ。今までだって、出掛けにキスされることはあった。でも、それとは違う。もっと甘酸っぱいなにかがにじんでいたような気がして、心臓がどきどきしてきた。

玄関につくと、鉄格子の鍵を開けた崇継が振り返った。

「もう、危険はないから外出しても大丈夫だ。鍵は開けておくので、用があったらでかけてもいい。これはスペアキーだ」

渡されたのはカードキーで、セキュリティやら出入りについて簡単に説明される。一階のコンシェルジュに事情を話しておくので、部屋に入れなかったら助けてもらえばいいと言われた。

まさか、そんな厳重なセキュリティになっているとは知らなかった。エレベーターに乗るにもカードキーが必要らしい。この間なにも考えずに脱走し、あとでそっと部屋に戻ろうと思っていた自分は馬鹿だ。GPS追跡アプリがなくても、マンションの前で崇継に捕縛される運命だった。

「この鉄格子も近々撤去しよう。もう必要ないな……」

崇継は少し名残惜しそうに鉄格子を見上げると、出勤していった。

もしかして、鉄格子を気に入っているのだろうか。ちょっと怖い。婚姻継続を了承したのは軽率だったかなと思ったが、深く考えないことにした。

とりあえず今日は、外にでてみよう。その辺を散歩して、夕食の買い物だ。ここにきて二か月近くになるが、周辺になにがあるかも知らない。ずっと監禁されていたのだから当然だが、地図アプリで所在地を確認したこともなかった。家事をする以外は、どっぷりとオタ活を堪能していた。

そんな伊織でも、脱走ではない久しぶりの外出にちょっとわくわくしてきた。すぐに着替えて、部屋を飛びだす。

まずはタワーマンション周辺を散策する。似たようなマンションが立ち並ぶ地域で、歩道も綺麗に整備され、草木はよく手入れされている。地下鉄の駅がすぐ近くにあり、その辺りに大型のスーパーマーケットや、カフェ、レストランなどのお店が並んでいる。比較的新しい店舗が多いみたいだ。

少し歩くと大きな公園もあった。緑豊かで、近くには図書館もある。なかなか環境がいいところのようだ。

しばらく散歩をして疲れたので、公園の中にあるカフェテラスに入った。席について注文を終えると、ズボンのポケットが振動した。唯一持ってきたスマートフォンだ。

通知は崇継からだった。

『公園のカフェテラスにいるな。支払いは電子マネーでできる。私のカードを登録してあるので、それで払いなさい』

近くにでもいるのかと、思わず辺りを見回してしまう。だが落ち着こう。このスマートフォンにはGPS追跡アプリが入ったままだ。怖くてアンインストールはしていない。

「ひえぇっ……ストーカー眼鏡だ」

変な声が漏れる。もしかして、定期的に位置情報を確認しているのだろうか。それか通知がいくように設定してあるのだろう。

監禁はとかれたが、監視は引き続きのようだ。単に、見えない檻の範囲が広がっただけともいう。

「それにしても、なぜ電子マネー……あっ、お財布持ってくるの忘れてた」

どうやって買い物をするつもりだったのだろう。久しぶりの外出に浮かれすぎだ。前に返してもらったバッグや財布は、寝室に置きっぱなしで存在を忘れ去っていた。

ただ、このスマートフォンには伊織が登録した電子マネーもある。それを開いて確認すると、いつの間にか登録クレジットカードに崇継のものが表示されている。伊織は銀行からのチャージ使用だ。

他に、インストールした憶えのない非接触決済タイプの電子マネーアプリもあった。確認すると崇継のクレジットカードが登録されている。

脱走して移動している間の交通費支払いは、崇継のカードからになっていた。もう、なにもかも筒抜けである。

スマートフォンがまた振動した。

『近くのスーパーも電子マネーで決済できる』

伊織が帰りに寄ろうと思っていたスーパーの地図も投稿される。

「なにも返信していないのに……スマートフォンに盗聴機能でもあるのかな？　いや、盗撮か。そういう犯罪アプリあったよね」

思わずインストールされているアプリを確認し、スマートフォンをくるくるして不審なところがないか確認してしまった。

『あの、盗撮や盗聴する犯罪アプリとか入れましたか？』

そう返信すると、しばらく間があってから返事がきた。

『さすがに入れてないが……入れてもいいのか？』

『いいえ、そんな話はしてません。許可しませんからね』

ちょうど店員がやってきて、注文したマンゴーパフェを置いていった。監禁されている間、ずっとパフェが食べたかった。作ることもできるが、これだけのために材料を揃えるのも面倒だったし、お店で食べたいスイーツだ。

パシャリ、と写真を撮ると返信があった。

『わかった。考えておく』

なにを考えるんだ。きっと碌《ろく》なことではない。

「もうっ、相手が私じゃなかったらドン引案件なんですけど」

いや、自分もドン引きしたほうがいいのだが、監禁されてだいぶ感覚がおかしくなっている。崇継だしな、と思い始めているのは危険な兆候だ。

『不穏なこと考えてないで、ちゃんと仕事してください！　私は夕食の買い物をしたら帰ります』

そう投稿して、パフェの写真も送信する。

『わかった。気をつけて』

伊織から手を振っているキャラクターのスタンプを送信して、会話を切り上げた。

しばらくしてパフェを食べ終えた頃、スマートフォンが振動する。また崇継かと思ったら、幼馴染の陽菜からだった。

『伊織宛の荷物届いたよ？　またオタグッズ？』

写真つきで投稿された内容に、ガタっと椅子を揺らす。ダンボール箱の差出人伝票を拡大して確認し、叫び声を上げげそうになった。

限定予約生産の推しグッズだ。半年前に予約して、今日到着だった。そういえば発送の通知メールがあった。井ノ上に殺されかけたせいで、すっかり忘れていた。

このグッズには限定の特典ＳＳと推しからのメッセージカードがついてくる。ＳＮＳでネタバレがくる前に読みたい。

「今から施設までいって、夕食まで戻ってこれるよね……料理はすぐ作れるメニューにして。崇継さんは、ちょっとぐらい待たせても気にしないし。うん、とりにいこう」

すぐに決定し、カフェをでて地下鉄に乗った。陽菜へすぐにとりにいくと送信すると、小舎の玄関に置いておくと返ってきた。彼女はこれからバイトだそうだ。

『それから、こっちくるなら森院長にも挨拶していきなよ。こないだ挨拶もなしに帰ったんでしょ。心配してたよ』

そうだった。井ノ上に襲われ、そのあと崇継に別の意味で襲われたせいで意識が飛んでしまった。そのまま車に乗せられ、気づいたら帰り道だった。陽菜にも挨拶なしだったが、トークアプリで急に具合が悪くなったのと、迎えがきたと連絡した。森にも伝えてもらったけれど、やっぱり直接挨拶しないとまずいだろう。

崇継から、急に帰ることを詫《わ》びる電話はしたと聞いた。井ノ上のしでかしたことも、森はだいたい知っているようだ。横領に気づいて通報したのは彼女だったのかもしれない。疑って申し訳なかった。ちゃんと無事な姿を見せて、近いうちに食事にでも誘おう。そこで崇継との結婚のことも話したほうがいいだろう。

「でも、なんて紹介すれば……」

さすがに本当のことは言えない。事件に巻き込まれ守ってもらっている間に、恋が芽生えたとでも言うしかない。あとは崇継あたりが上手く話を捏造してくれるはず。

伊織は、「ま、どうにかなるよね」と軽くつぶやいてスマートフォンをしまった。

崇継は運転席でスマートフォンを確認する。ネットワークカメラからの通知はない。

玄関の外に仕掛けたカメラは、侵入者を警戒してのものだ。ついでに、監禁していた伊織が脱走したらすぐにわかるようにだった。これからは、彼女の外出と帰宅のチェックに使える。

二時間ほど前、伊織に連絡したのはカメラから通知がきたからだ。そのあとGPS追跡アプリで場所を確認した。あれからカメラの通知がないということは、まだ帰宅していない。どこで油を売っているのだろう。

位置情報を確認するかとアプリをタップしかけたところで、電話がかかってきた。青木からだ。内容は事件の追加情報と確認、恵蔵が崇継に会いたがっているという伝言だった。

恐らく、伊織と結婚したことについて聞かれるのだろう。

「面倒だな……」

いっそあのまま死んでいれば、とでかかってのみ込む。伊織はそれを望まないだろう。恵蔵も悪い人間ではないし、伊織のためになる人物だ。けれど崇継にとっては邪魔な存在だった。結婚に難癖つけられるのが簡単に想像できる。彼を丸め込むなにかを用意しなくてはならない。

しかも息子が瀕死《ひんし》の重体になったせいで、死にかけだった父親の以蔵まで息を吹き返してしまった。子供たちの危機に寝ていられるかと、車椅子で精力的に動き回っているとの情報だ。非常に厄介で、報告書を睨んで大人しく死んでいろと呪詛を吐いてしまった。

「今日は、このまま直帰する」

青木にそう伝えて電話を切り、スマートフォンをしまって車を降りた。

場所はメリアーナ愛児院の駐車場だ。これから森に事件の簡単な事情聴取と、協力してくれたお礼をしにいく。それと、結婚の根回しだ。

後見人だった森には、結婚を歓迎してもらいたい。彼女に反対されると、伊織の幼馴染も反対する。そうなったら結婚の継続を考え直したいと言いだすかもしれない。面倒事の芽は早期に摘んでおくにかぎる。

とりあえず今回の事件を通して二人の間に愛が芽生えたと捏造し、適当に丸め込もう。子供たちを守るために仕事では頑として引かない強さを見せる森だが、それ以外ではほわんとした柔らかい雰囲気で、けっこう抜けている人物だ。崇継がどれほど伊織を愛しているか語っておけば、急な結婚に不信感は持たないだろう。それに愛しているのは事実だ。

崇継は駐車場から歩いてすぐの職員棟に向かった。インターホンを押し、でてきた職員の案内で応接室に通された。

「こんにちは。わざわざご足労いただき、ありがとうございます。本当なら、こちらから伺わないといけないのに」

「とんでもない。井ノ上が逮捕されてお忙しい時期だと思ったので、お邪魔させていただきました。こちらこそ、いろいろ協力していただき、ありがとうございます」

ソファに腰かけ、だされたお茶を飲む振りだけする。いつもなら口もつけないが、森に悪印象は与えたくない。

「井ノ上に隠れて証拠や資料を融通していただき助かりました。おかげで、スムーズに事が運びました」

最初に横領に気づいて通報したのは森だ。その後、井ノ上が野々村と頻繁に会っていることが判明し、泳がせることになった。この時点で捜査二課に仕事が回ってきて、崇継の部下が捜査をしていた。その過程で、伊織の口座が横領したお金の振込先に利用されているのがわかった。

部下から仕事の進捗だけ聞いていた崇継は、ここで懐かしい名前がでてきて、まさかと思い養護施設の名前を確認し蒼白《そうはく》になった。自分が離れることで幸せになると信じていた伊織が、放っておいたら容疑者か被害者になるかもしれないのだ。

だが、このおかげで伊織に再び近づく建前ができた。もう自分を抑える必要はないのだと思うと、自然と笑みが浮かんできた。

それまで、この事件は政治家がからんでいるので、追々、検察庁の特別捜査部に任せることになるだろうからと、あまり興味を持っていなかった。場合によっては手柄をすべて持っていかれる。なら、必要最低限だけ捜査して、井ノ上の業務上横領の事件だけは横取りされないよう根回ししておくか、ぐらいの気持ちだった。

だが、伊織が巻き込まれているなら話は別だ。まず彼女の安全確保が最優先である。正直、他の関係者は罪を犯そうが殺されようがどうでもよかった。仕事の手柄など、さらにどうでもいい。

そんな中、去年まで院長だった井ノ上は、住所変更を忘れて「院長気付」のままにしてキャッシュカードの再発行をした。そして森の机に届いたキャッシュカードを、なぜか手にしてしまった伊織が、井ノ上にとって不審な行動を始めた。過去の決算書類を漁ったのもそうだ。

彼女が横領に気づいた上に、例の口座まで押さえていると知った井ノ上はあせったのだろう。恵蔵とまとめて殺して、証拠を隠滅しようという強硬手段にでた。

井ノ上を見張らせていた部下の青木から、その情報は即座に崇継にもたらされた。犯行グループにもあたりをつけてあり、おかげで間一髪で救出できた。本来なら部下に任せるべき救出劇なのだが、そのあとに結婚を迫る予定だったので崇継が単独で秘密裏に動いた。

結婚に必要な書類については、伊織が事件にからんでいると知ったときから用意していた。なにかあったら、父に証拠隠滅させる理由づけとしての最終手段だ。崇継は、打てる手はすべて打っておく主義だった。

案外、早くにその最終手段を使うことになったのだから、自分の読みは間違っていなかった。救出に向かう道すがら、部下の失態で恵蔵を見失ったと連絡が入り、このままだと伊織を助けられても容疑を疑われる可能性がでてきた。

誘拐した犯行グループはそもそも野々村の手下だ。そして捜査一課にも彼の息がかかった者がいる。ついでに崇継の父は、ＩＲ事業の贈収賄について見ない振りを決め込んでいて、場合によっては捜査をさせないよう圧力をかける役柄だ。誰も井ノ上をかばう気などないが、保身やら政治的な理由から彼を犯人にするわけにはいかなかった。

その結果、一番立場が弱く、愛人ではないかと疑われていた伊織が、恵蔵殺害の容疑者にされた。

これはもう結婚するしかない。他にも方法はあったが、結婚が一番手っ取り早く、且つ崇継にとっても都合がよかった。

救出後に即入籍し、部下たちには被害者の彼女を匿うために、嘘のアリバイを作るよう命令した。結婚するというとんでもない偽装方法に、いつも顔色を変えない青木も唖然《あぜん》としていたが、それしか方法がないと理解すると仕事は早かった。ただ、青木がたまに、伊織について聞きたそうな視線を向けてくるのが鬱陶しいが、無視している。

これが伊織と偽装結婚した顛末《てんまつ》だ。これから、この結婚を本物にしていく。

「ところで……伊織さんのことなのですが」

一通り、お礼と事件の事情聴取が終わって、崇継にとっての本題を切りだした。

「実は彼女を匿っているうちに、お互いに好意を抱くようになりまして。事件もこうして解決したので、結婚を前提にお付き合いしようということになりました」

すでに結婚しているが、それを言ったら心象が悪くなりそうなので嘘をつく。あとで伊織と口裏合わせが必要だ。

「森院長にはきちんとお話ししておいたほうがいいと思いまして、事件処理のついでのような感じで大変申し訳ないのですが、彼女との交際を温かく見守っていただけたら幸いです。今度、伊織さんも連れて改めてご挨拶にお伺いしてもよろしいでしょうか？」

他人から受けのいい微笑みを浮かべ、森の様子をじっと観察する。驚いたように目を見開きはしたが、反対するような素振りがないことにほっとして体の力が抜けた。知らず、緊張していたらしい。

「まあ、そんなことが……浮いた話のない子だから心配していたけど、あなたでよかったのね」

語尾の違和感に、笑った唇がこわばる。ここは「あなたでよかった」が妥当だろう。「よかったのね」と続くと、以前から崇継を知っていて、伊織の相手としていいのか迷っていたように聞こえる。

じわり、と緊張が戻ってくる。

「え？　あなたで、とは？」

「あら、だって……あなた、ハタくんよね？」

森が不思議そうに首を傾げる。

「……なぜ、それを？」

「昔、ここへよくきていたでしょう。そのときに模試の結果を落としたじゃない。私が拾って、あのとき名前を確認していて憶えていたの。伊織ちゃんが珍しく懐いていたから。あの子、人懐っこいように見えて、実際はこれ以上は近寄らせないってところあるのよ。でも、あなたにはそれがなかったから」

あのときかと、天を仰ぎたくなった。まさか子供の頃の些細な失敗がここで響いてくるとは思わなかった。

ただ、伊織が自分に懐いていたという森の言葉には、胸がくすぐったくなる。本当にそうなら嬉しい。

「だからね、事件のことであなたが挨拶しにきて、名刺をくれたでしょう。名前を見て、すぐにあのときの少年だってわかったわ」

名前も、「ハセタカツグ」の苗字と名前の頭をとって「ハタ」なのだろう、と言い当てられた。

「ずいぶん見た目が変わってしまったけれど、面影があるわ。これでも、子供の成長をたくさん見てきたから、すっかり変わっててもわかるのよ」

彼女を侮っていた。模試を届けにきた井ノ上を取り調べたが、崇継のことなど憶えていなかったから、他も問題ないと判断したが間違いだった。

「驚きました。名前を教えても、昔の私と同一人物だとわかる人なんていなかったのに」

「ふふっ、そうね。あなたは変わりすぎだもの。でも、顔の骨格や造りは、あの少年が育ったらこうなるって想像していた通りだったわ。土台がいいのに、痩せ細っているから残念だし、心配だったのよ」

「それでなぜ、伊織の相手が私でよかったと思ったんですか？　あの言い方だとまるで、私と彼女の関係を懸念していたように聞こえました」

昔を思い出すように目を細めた森は、痛ましげに視線をテーブルに落とした。

「この施設では、子供であっても身元がよくわからない人間をそう何度も招いたりしないわ。それも密室が簡単に作れてしまう小舎になんて入れません。伊織ちゃんに勉強を教えることを許可したのは、あなたの身元がわかったからよ」

言われてみれば、伊織に勉強を教えるようになる前は、小舎の外か教会でしか二人で会ったことはない。小舎に入れてもらえるのは、他の児童や職員がいるときだった。

「模試に書いてあった予備校に電話をして、あなたの身元を探ったのは私なの。それから、あなたの住んでいる地域の児童相談所にも連絡したわ」

なにか問題を抱えているのは、すぐにわかったそうだ。でなければ、家から遠い養護施設に遊びになどこないだろうと。

「相談所の職員は、あなたのことを憶えていたわ。環境のせいで手がだせなかったって、後悔していた。予備校の講師の方も、あなたの様子がおかしいと心配していたから、余計なお節介だとわかっていたけど、相談所から教えてもらった家庭のことを少し話しておいたの。勝手なことをしてごめんなさいね」

それでかと、合点がいった。伊織と会うようになってから、あの無神経な講師がなにかとかまってくるようになった。授業後に何度か食事に誘われたこともある。無視していたら、コンビニ弁当やお菓子をたまに押しつけられるようになった。進学先に寮制の学校を勧めてきたのも、そういうことだったのだろう。

知らない間に、周囲から気にかけられ助けられていたのかと思うと、急に恥ずかしくて情けなくなってきた。ああ、自分も守られていた子供だったのかと、むず痒ささえ込み上げてくる。

「それで、あなたを施設で受け入れるようになって、だんだんと穏やかになっていくのを見てほっとしたわ。だけど、伊織ちゃんへ執着を見せるようになって心配だった」

どくんっ、と心臓が嫌な感じに跳ねる。この人はすべてを知っているのだと確信した。

「そしてとうとう、あなたは伊織ちゃんに手をだそうとしたでしょう？　あの子の幼馴染の陽菜ちゃんから、相談されたのよ」

咎《とが》めるような目を向けられ、思わず視線をそらす。誰かの目を見れないのは初めてだった。どんなにやましいことがあっても、伊織以外が相手ならいくらでも嘘がつけたし、真っ直ぐに見返せた。

「今さら責めたりはしないわ。不安定な子供時代にあった一時的な気の迷いだもの……それにあなたは思いとどまった。そのあと伊織ちゃんと距離をとって、寮制の学校に進学した。きちんと自制できたのだから、もう悔やまなくていいのよ」

森の温かい言葉はありがたいが、再会してすぐ自制心など弾け飛んだのでなんとも言えない。しかも、すでに結婚しているなんて、墓場まで持っていく案件だ。

「……そう言っていただけて、ほっとしました。ずっと後悔していたので」

とりあえず殊勝にしておく。後悔はしていたが、それはもっと上手くやる方法があっただろうという反省だ。

「本当はね、伊織ちゃんを匿う話をあなたから聞かされたとき、襲われたらどうしようって心配していたの。でも、杞憂だったわね。あれは昔のことで、今は立派な仕事にもついて、こんな素敵な男性になったんだもの。間違いなんて起こるはずないわ」

「……そうですね」

視線をそらしたまま、苦笑を返した。

「ハタくんが、こんなにイイ男になって帰ってくるなんて思ってもいなかった。伊織ちゃんとのこと、歓迎するわ。二人で幸せになってね」

やっとほしい言葉をもらえた。初めて良心が痛んだが、これでメリアーナ愛児院の関係者への根回しは完璧だ。伊織の幼馴染も、文句を言えないだろう。

とりあえず、ハタについて口止めをしておこう。伊織にバレると嫌われるだろうし、陽菜という幼馴染が結婚に反対してくるかもしれない。

なんと言って説得しようか。顎に手を持っていくと、ドアの向こうで物音がした。はっとして立ち上がる。森との話に動揺していて、人の気配に気づかなかった。

大股で歩み寄り、ドアを開ける。

「なっ……伊織！」

呆然とした表情で伊織が立ち尽くしていた。床に落ちているのは、彼女のスマートフォンだ。

体中から血の気が引いていく。青木との電話のあと、位置情報の確認を忘れていた。なんてことだ。

「……いつからそこに？」

「私に手をだそうとしたって聞こえて……それって……あの、ハタくんなの？」

最悪だ。そこから聞いていれば、崇継がハタだと確信できる。誤魔化しようがない。

返事ができずに目を伏せる。

「そうなんだ……ハタくんだったんだ」

肯定ととらえた伊織の顔から表情がすっとなくなる。それがなにを意味しているのか、考えるのも怖い。

「伊織、黙っていてすまなかった……言えなくて」

情けないぐらい声が震えていた。思わず、彼女に手を伸ばす。触れて、体温を感じたら安心できると思った。

だが、伊織の手に触れる寸前で、ぱしんっと振り払われた。初めての拒絶だった。

「あ……ご、ごめんなさい」

本人も思ってもいない反応だったらしい。目を見開いたあと、誤魔化すように笑う。

叩かれた指先が痛くて、そこから凍えるように全身が冷えていく。

「すみません。私、帰ります」

伊織は落としたスマートフォンを拾うと、スリッパをぱたぱたと鳴らして廊下を走っていく。その背に、どこに帰るのかと呼びかけることはできなかった。

10

秘書という男の案内で入室すると、上半身が起こされたベッドに恵蔵が横になっていた。先月、ＩＣＵから移動したと聞いている。まだ療養が必要なのだろうが、見た感じ怪我もなく元気そうだった。

特別室と呼ばれる病室は、他の個室よりも広くて設備が充実している。ここが病院の中でなければ、ホテルの一室だと思っただろう。

崇継は秘書がベッドの横に移動させた椅子に腰かけた。

「初めまして。やっと会えましたね、長谷警視」

伊織が崇継のもとを去って一か月。話がしたいという彼の要求を、新しい案件が忙しいとずっと逃げ回ってきた。けれど先日、花屋敷家からの圧力がかかり、上の命令で恵蔵と面会することが決定した。父親の不祥事などがあり、これ以上の抵抗は無理だと崇継もあきらめた。

「こんな姿で申し訳ない。一応、まだ安静を言い渡されていましてね。自由に動けなくて、もどかしいものです」

穏やかな物言いだが目が笑っていない。こちらを値踏みするような視線に、崇継も上辺だけの笑みを返す。

「それで、どういったご用件でしょうか？　私も忙しいので、手短にお願いします」

迂遠な腹の探り合いをしている時間が惜しいし、長々話したい相手でもない。こちらは仕事の采配や部下の後始末にと本当に忙しい。それだけならまだしも、父の失脚で周囲からは嫌味を言われたり憐れまれたりとストレスが溜まる日々だ。

その上、伊織も戻ってこない。彼女はあの日、ずっと住んでいた小舎に帰っていった。こちらから何度か連絡したが、既読がつくだけで返信はない。電話もかけてみたが、応じてはくれなかった。

直接、会いにいこうともしたが邪魔された。そう、この男のせいだ。

「では、単刀直入に言おう。早急に離婚届の不受理申出を取り下げ、私の妹と離婚してほしい。そしてもう近づかないでもらいたい」

睨みつけてやりたいのを我慢して、笑みを深める。

伊織は花屋敷恵蔵の年の離れた異母妹で、認知はしていないが父親は以蔵だ。今回、事件に巻き込まれた本当の理由は、例の口座を見つけてしまったからではなく、彼女が花屋敷家の血縁だからだ。

「合意の上での婚姻です。まず伊織と話し合いたい。私への監視と、彼女への警護の任を一時的に解除してくれませんか？」

伊織に拒絶された翌日ぐらいから、あとをつけられ監視されている。警察相手に張り込みとは、笑わせてくれる。素人に比べたら上手いが、崇継なら振り切ることは可能だ。

だが、伊織にも護衛がついている。本人にはわからないよう、遠巻きに護衛をしているが、近づこうとすると道をふさがれる。強引に接近できても、ゆっくり話すのは無理だろう。説得する時間がとれないなら無意味だ。

「伊織の心身の安全を考えて、それはできない。合意の上と言うが、異常事態の中で流されての結婚だ。話し合いと言って、純粋な伊織をまた丸め込むつもりでしょう？」

流されてどころか脅していたが、そのあと事情を説明して合意に達したから問題ない。伊織も、守るための結婚なら大歓迎だと言っていた。

「合意ですよ。なにも知らないのに、憶測でものを言わないでください。それに、事件に決着がついてから、離婚しないでこのまま結婚を続けたいと話し、本人から了承も得られています」

「だが、そのあとハタだとバレて振られたのでしょう。だから伊織はいまだに君のもとに戻らない。まあ、あんなことをしようとした人間と結婚は続けられないだろう。ましてや、それを隠して偽装結婚をし、体の関係まで持った相手など信用できないはずだ」

膝の上で握った手に力が入る。

意識不明の間に、医療機器の故障で亡くなるよう手回ししておけばよかった。今からでも方法はないだろうか。入院している間なら医療ミスで葬れそうだが、花屋敷家のガードは固いので難しそうだ。

「当時、君のことは井ノ上から父に報告が上がっていたそうだ。父は激怒して、君を排除するよう動いていたようだが、君のほうから伊織と距離を置いた。そのおかげで見逃されたのだ。しかし、今回は見逃せない。あまり興奮させられないから、父の耳に入れるつもりはないが、このまま離婚しないなら穏便にはすませられないと思いなさい」

ここでもまた、子供の頃の失敗が足を引っ張る。

もともと井ノ上は花屋敷系列の会社の社員だった。真面目で優秀ではあったがお人好しで、派閥争いに巻き込まれ閑職に追いやられた。だが、その人柄のよさと親類であるということで以蔵に気に入られ、児童養護施設メリアーナ愛児院で伊織の成長を見守る任に就かされた。

施設に毎年多額の寄附をしていた匿名の人物とは以蔵のことで、井ノ上を職員として送り込むのは簡単だった。彼は亡くなった妻と結婚式を挙げたメリアーナ教会を保護するために、ずっと寄附を続けていたが、伊織が施設に入所してからはさらに額を増やしていた。

そして井ノ上には、職員としての給料の他に、以蔵から多額の手当があった。彼は真面目に仕事をし、伊織のことを逐一報告していたらしい。森が崇継を憶えていたと聞いたとき嫌な予感はしていたが、やはり花屋敷家でもこちらの身元を摑んでいた。あのとき彼女から離れる判断をして正解だった。いくら父でも、花屋敷家が相手なら隠蔽しないで崇継のことを見捨てただろう。

だが、彼らは井ノ上を信用しすぎて失敗した。崇継は、はっと鼻先で笑って返した。

「その私がいなかったら、今頃、伊織はどうなっていたでしょうね？　輪姦されて殺されていた。その恩を仇《あだ》で返すつもりですか？　井ノ上が野々村に騙されて、違法賭博にはまって多額の借金を背負っていたことにも気づかなかった人たちに、伊織と離婚しろだなんて言われたくありませんね」

痛いところを突かれたのだろう。恵蔵から笑みが消え、顔色が悪くなった。

「伊織を救出したあとも、あなた方がなにもできない状態にいたから偽装結婚するしかなかった。それを忘れて、難癖つけないでいただきたい」

生きて見つかったが恵蔵は意識不明。以蔵は長い寝たきりで、すぐに権力を行使できる状況ではなかった。あのとき崇継だけが、伊織を守れる立場にいた。それは、ゆるぎない事実だ。

取り調べで井ノ上は、伊織が妬ましかったと語った。以蔵に伊織の見守りを頼まれた当初は、美味しい仕事だと思っていたそうだ。メリアーナ愛児院は多額の寄附のおかげで経営も安定していて、職場の雰囲気も人間関係もよい。入所してくる子供やその親に問題があったりはしたが、大企業の中で揉まれてきた井ノ上からしたら、そこまで大変さは感じなかったという。彼は穏やかに施設の仕事に取り組み、子供たちとの生活を楽しんでいた。

それが一変したのは、飲み屋で知り合った友人に違法賭博に誘われてからだった。最初は断っていたのだが、酒をたくさん飲まされ気づいたら賭博場にいたという。そこで、なぜか気が大きくなって言われるまま金銭を賭けていた。恐らく薬でも使われたのだろう。最初の賭けで勝ち、井ノ上はかなり儲けたそうだ。それが罠だと知らずに、そのときの高揚感を忘れれなくて賭博場に通うようになった。負けが越して、多額の借金を抱えるまであっという間だった。

そんなとき賭博に誘った友人に、施設の寄付金を少し借りればいいじゃないかと囁かれた。その友人が野々村の手下で、のちにその横領で脅迫されるとも知らずに寄付金に手をつけた。

伊織名義の口座を使ったのは、横領が露見しても娘に瑕疵がつくのを嫌がって、以蔵がどうにかしてくれるだろうという計算だ。それと、父親に認知されてもいないのに、花屋敷家の財力で守られている彼女が憎らしかったという。そもそも伊織を見守る仕事をしていなかったら、こんなことにはならなかったのだから、彼女を巻き込んでなにが悪いのかと言っていた。

完全な逆恨みだ。もとは真面目な性格だったのかもしれないが、ギャンブルに依存してすっかり性根が腐ってしまったのだろう。

井ノ上のその変化に気づかず、伊織を危機に追い込んだのは恵蔵だ。以蔵が倒れて寝たきりになってから、井ノ上に対する身辺調査がおろそかになったせいだ。ただ、花屋敷家の中で彼女の存在は秘匿されていたので、手も情報も足りなくて後手に回った結果でもある。

けれど、その間抜けな失敗のおかげで、崇継は伊織と再会し、新しい関係を手に入れられた。感謝ぐらいはしてやってもいいか、と心の中で吐き捨てる。

「彼女を守ったのは私です」

すっと笑みを引っ込め、ベッドの上の恵蔵を見下ろす。

「彼女を陰から見守るのは好きにすればいいが、いまだに認知もせず、公になんの責任も果たしていないあなた方に、どうこう言われる筋合いはない。あなた方に比べたら、夫である私のほうが彼女の人生に関わる権利がある。そんなこともわからないような人たちに、伊織は任せられない。今回のお話はなかったことでよろしいですね」

そう言い切り、席を立ってドアに向かう。

「……待ちなさい。離婚しないなら、穏便にすませられないと言ったはずだが」

立ち去ろうとしたところで、恵蔵の重い声が追いかけてきた。どうでもいいので無視しようと思ったが、一応、なにをするつもりなのかは聞いておきたい。各所に根回しできるネタを、自ら漏らしてくれるとは太っ腹だ。

「君は、とても信頼している部下がいるそうじゃないか。今回、君の父親が失脚しても尽くしてくれていると聞く。その忠誠心のある部下たちも巻き込んでもいいと思っているのか」

恐らく、崇継だけでなく部下たちの出世の芽も摘んでやると脅しているのだろう。まったくもって馬鹿らしい。

どうやら恵蔵は、崇継に他人を思いやるまともな神経があると勘違いしている。伊織以外の人間など、死のうがどうなろうと些事だ。井ノ上を野放しにしていただけあって、人を見る目がないのだろう。

自分の出世にも部下の進退にも興味がない崇継には、脅しにもならない。彼らが尽くしてくれるのは彼らの勝手だ。父親のことでは、このまま自分についていても旨味はないから、他の派閥に鞍替えするなら早くしろと忠告してある。それでも残ったのだから、今後どうなろうとそれは部下たちの責任だ。

そもそも、少し進退が怪しくなったぐらいで潰れるような部下はいらない。邪魔だ。特に尽くしてくれる青木と花房は優秀なので、警察以外の職でも活躍できるだろう。なので、そういう心配はまったくしていなかった。

心配するとしたら、崇継と彼らをまとめて始末するとかだろう。だが別に、伊織以外なら死んでもダメージはない。恵蔵にも、そこまでする胆力はないだろう。それができるなら、伊織がこんな目にあっていないはずだ。

とりあえず顎に手を当てて、悩んでいるふうを装う。

伊織に拒絶されてからずっと苛々していて冷静さを欠いていたが、恵蔵の間の抜けた脅しに頭が冷えてきた。これはチャンスかもしれない。

現状では、既読スルーをする伊織に強引に近づいても怯えられるだけで、いい結果にはならないだろう。彼女がハタを嫌悪していれば尚さらだ。ならば引くしかない。押して駄目な場合の常套手段だ。

尚且つ、伊織に揺さぶりをかけられる小道具やきっかけを仕掛けたい。こうなったら、恵蔵をとことん利用してやろう。

「部下を守りたいなら、そこで離婚届に記入しなさい」

崇継が考えにふけっていると、有利になったと勘違いした恵蔵が秘書に視線で指示する。すぐにベッドの前に席が整えられ、テーブルの上に書類が用意された。

「それを書いたとして……あなた方は伊織をどうするつもりですか？　まさか、このまま彼女になにも知らせず、今まで通り見守るだけで天涯孤独のままにしておく気ですか？」

ここははっきりさせておきたい。今回の事件で、伊織の身元は伏せられているが、井ノ上の関係者から漏れる可能性もある。そしてまた、花屋敷家の遺産相続にからんだ事件に巻き込まれる懸念があった。

ついでに、伊織を揺さぶる布石を打つのにもちょうどいい。

「君との離婚が成立したら、養子縁組で正式に花屋敷家に迎えるつもりだ。父も賛成している。これまでは、伊織の母親……詩織さんの、花屋敷とは関係なく伸び伸び育ててやりたいという意向にそっていた。だが、今回の件で放っておくことはできなくなった」

詳しくは知らないが、ずっと名乗りでたい気持ちはあったのだろう。朗読バイトをしていた伊織のことを、以蔵も恵蔵もとても可愛がっていたと報告書にあった。

今までの話しぶりから、彼らは家族として彼女を好ましく思っているようだ。そういう意味では、信頼できた。他の親類からきちんと守ってくれるだろう。

それに、もしなにかあったら彼らから伊織を奪ういい口実になる。

「そういうわけで、迎え入れるからには瑕疵のついた君との婚姻は認められない」

瑕疵とは父のことだ。それがなければ受け入れたのだろうか。いや、ハタのことがあるから無理だ。

他にも、花屋敷家での伊織の立場を守るためだろう。突然現れた隠し子に、親類の風当りは強いはず。そこに瑕疵のついた配偶者までついてくるとなったら、伊織がなんと言われるか。

「そうですか……わかりました」

瑕疵があるから離婚届を書かせたと、ぜひとも伊織に話してくれないだろうか。そうしたら彼女の花屋敷家に対する心象が悪くなるはずだ。ハタであった崇継を嫌っていたとしても、いろいろな事情を抱えた子供たちが集まる施設で育った彼女は、そういう差別に心を痛める。などと考えながら、椅子に座ってペンを手にした。

正直、他人の思惑で離婚届にサインをするのは業腹だ。破り捨ててやりたい気持ちを抑えて眉間にぐっと力を入れると、自然と苦悩している顔になったようだ。恵蔵が満足そうに息を吐いている。詰めが甘い。

「……書きました。これで満足ですか？　あと聞いておきたいのですが、彼女にはなんと説明するつもりで？　私が勝手に離婚届を提出したと伝えるのですか？」

どうせなら、恵蔵が書かせたと話してくれると最良だ。伊織の彼に対する心象が最悪になる。楽しみだ。

じっと見つめた恵蔵の目が一瞬だけ泳ぐ。やはり、崇継が勝手に提出したと嘘をつく気だ。だが、それも悪くない。真実がバレたとき、伊織から信頼をなくす。場合によっては、崇継に対して罪悪感を抱いてくれるかもしれない。それは再び手をだす好機になるはず、と想像しかけて顔を手で覆った。

駄目だ。まったく想像できない。

監禁初日にお玉を振り回しながら、お出迎えをしてきた伊織が脳裏をよぎる。その次に、思い浮かぶのはおっぱいを揉まないかと迫ってくる彼女。崇継の想定内の動きをしてくれない相手に、この手が通じるのか心配になってきた。

けれど、どんな意味のわからなさも愛しいのだから、どうしようもない。

「……大丈夫か？　君にはきついこと言ったが、これも伊織の幸せのためなんだ。理解してくれ」

顔をしかめて重い溜め息をついていたら、心配されてしまった。彼の良心をえぐったなら、まあいいだろう。

「なにか伊織に伝えたいことがあるなら聞くが？」

さらに同情まで誘えた。好都合だ。

「では……彼女に謝罪の手紙を書いていいでしょうか？　目を通していただいてかまいま

せんので、渡してください」

崇継は手帳を取りだすと、空白のページを綺麗に破って、さらさらと言葉を綴った。

これがどうでるか。伊織の行動がまったく予測できないが、なにもしないよりましだ。

それにもし、打った手がすべて無駄で見向きもされなかったとしても、またさらって監禁すればいいだけのこと。

昔は、伊織から距離をとることができた。けれど、すべてを受け入れてもらえる悦びを知った今、もう前のように身を引くことはできない。あらゆる手を尽くして、取り戻してやるだけだ。

だいたい、崇継をこういう人間にした責任は伊織にもある。その責任はきっちりとってもらう。

崇継は恵蔵から見えないように薄く笑うと、想いを込めて手紙の文字をひと撫でした。


ベッドに座り、左手の薬指にはまった結婚指輪をくるくると回す。婚約指輪は崇継のマンションに置いてきてしまった。頭を占めるのは、もうずっと彼のことばかり。

はあっ、と溜め息をつくと肩を叩かれた。

「たくっ、いつまでそうやってんの？　ウザいんだけど」

「なっ、ひどい！　陽菜ちゃん、言い方！　てか、ノックぐらいしてよ」

「ノックもしたし、呼んだのに返事しない伊織が悪い」

「え？　呼んだの？」

陽菜の眉間に皺が寄り、重い息を吐かれた。

「重症じゃん。いつも面倒事は忘れちゃう伊織なのに、そんなに一つのことに悩んでるのなんて珍しいよね」

あまりにも、あんまりな評価だけれど、陽菜の言う通りだった。ぎゅうっと指輪を包むように両手を握り、しおしおと項垂れる。

崇継のもとを飛びだし、ここに戻ってから一か月以上がたつ。大学も始まった。その間に、彼からたくさんのメッセージが届いた。心配そうに気遣う内容や会いたいという懇願で、どれも読んだだけで返事をしていない。

なんて返信すればいいかわからなかった。

「その崇継さんって人が、ハタくんだったのが許せないの？」

隣にどすんと腰かけた陽菜に聞かれ、首を振る。彼女には、ここに戻ってきてすぐに崇継のことを話していた。住み込みのバイトでなく、匿われていたことも。

陽菜はいつものように、否定も肯定もしないで、ふんふんと聞いてくれただけだったが、それで興奮していた気持ちはかなり落ち着いた。代わりに、崇継のことを考えては気が沈んだ。

「じゃあ、騙されてたのや監禁されてたのが許せない？」

「ううん。そういうんじゃない。許せないのは……私自身かな」

「どういうこと？」

脚を組んで首を傾げる陽菜に、一瞬、迷う。話して軽蔑されるかもしれない。けれど誰かに吐きだしてしまいたかった。

「私、彼のこと……ハタくんのことを、お気に入りにしようとしてた」

語尾がひしゃげて、涙が込み上げてくる。歪んだ視界に唇を噛む。

「あー……要するに、ハタくんのこと好きだったんだ」

「うん、そりゃ好きだったよ」

「いやいや、そうじゃなくって。伊織って鈍いよね」

陽菜が呆れたように顔の前で手を振る。

「それ、歪んだ初恋じゃん」

ぽかんと口を半開きにして、何度か瞬きする。

「えっ……ええっ！　そんな初恋とか、そういう綺麗なものじゃないし！」

「だから歪んだってつけたじゃん。それに恋って、そんなに綺麗なものじゃないし、誰でも醜くなっちゃう感情だよね」

「陽菜ちゃんもそうなの？」

そういえば彼女には中学生の頃からずっと付き合っている彼氏がいる。陽菜の環境を理由に、彼氏の親に交際を反対されて一度別れたこともあった。

恋愛がわからない伊織は、相談されたことはなかったけれど、愚痴みたいな話は聞いていたので知っている。陽菜が泣いているのを慰めたこともある。ただ、そんな彼女を醜いと思ったことはないし、そういう感情を抱えているようにも見えなかった。

「私だっていろいろあるよ～」

陽菜は、ふふんと鼻で笑い肩をすくめた。

「オタクは恋に対する定義が厳しすぎて、自分の気持ちに鈍いんだなって、伊織を見てて思う。物語の中の甘酸っぱい気持ちだけが恋じゃないよ」

ううっ、と言葉に詰まる。たしかに定義は厳しいかもしれない。今まで恋愛に興味がなく、恋の話に参加もしてこなかった伊織にとって、参考にする恋愛は二次元ばかりだ。

「でも、やっぱり……恋っていうか、寂しくて執着してただけっていうか。ハタくんにはひどいことしちゃったなって。恨まれても仕方ないのに、崇継さんは助けてくれて、いろいろよくしてくれたのにって……」

「監禁されてたのに、その評価なことに驚くわ」

「だって、限定品とかプレゼントされて、一日中オタ活してても怒られない生活なんだよ。快適監禁生活すぎて、あのまま居座りたかった」

「居座ってりゃよかったじゃん。どう考えても、崇継さんも伊織に執着してるよね。両想いのハッピーエンドじゃない？　どこに悩む要素あんの？」

うぐぅっ、と呻いて頭を抱える。いつもならそう考えられるのに、崇継が相手だと思うとぐるぐると悪いことばかり思い浮かぶ。

「だからそれは、私がハタくんをお気に入りにした後遺症ではないかと。私が故意に、そうなるようハタくんの気持ちを仕向けたって知ったら、きっと崇継さんでも軽蔑する。嫌われる」

「もう、そう思っちゃうとこが完璧に恋だよね。観念しな」

そこまで言われると、もう認めるしかない。うだうだと否定を重ねていた伊織だって、とっくにわかっていた。

これは、ストックホルム症候群でも吊り橋効果でもない。ちゃんと彼を、崇継を恋愛感情で好きなんだということを。

その気持ちを見ないようにしてきたのは、ハタとのことがあったからだ。同じことをしてしまいそうで怖かった。けれど、崇継がハタだったと知って逃げだした。

きっと恨まれている。浅ましい女だと思われて、軽蔑される。結婚の継続を言いだしたのは、今も執着しているから。好きとか愛してるとか、言われたことだってないのだから、きっとそうだ。もうそんなの愛でもなんでもない。

「伊織はさ、どんな手使っても……お気に入りにしてでも、ハタくんがほしかったんだね」

卑怯な自分を指摘された気がしてうつむく。けれど陽菜の声はどこまでも優しかった。

「それって悪いことなの？　ただの戦略じゃん」

「戦略……？」

「誰だって好きな相手には振り向いてほしくて、いろいろな手を使うもんだよ。ときには汚い手だって使うよ」

「使ったことあるの？」

　にこりと笑って誤魔化された。

「伊織はさ、手に入れたら欲張りになって、今度はこんなの愛じゃない。ただの執着で本当に愛されてないって不安になってんだよね」

　そのままのことを考えていたので、頷くしかなかった。

「好きになると、どんどん我儘《わがまま》になってもっとほしくなるやつ。伊織がよく言ってる、ありがち展開ってやつ？　前にあんたが貸してくれたエッロいマンガで似たようなの読んだことあるな。よかったね、オタクにも理解しやすい二次元の感情じゃないの？」

　幼馴染だけあって、伊織をよく理解していると思っていたら少し違った。

「そうかもしれない……けど、なんかちょっと馬鹿にしてない？」

「いいや、幼馴染のつたない初恋を微笑ましいなって思ってる。あと呆れてるし、面倒くさいな、早くくっつけよって思ってる」

「やっぱり馬鹿にしてっ！　それから言い方！」

　むきーっ、と両腕を振り上げる。陽菜は笑いながら、そんな伊織を抱きしめてくれた。

「いいから、勇気だして一回会ってきなよ。私の予想では、丸め込まれて元サヤだね」

　軽い調子の陽菜のおかげで、大丈夫かもしれないと気分が上向いてくる。ぽんぽんと背中を叩かれていると、駄目だったら戻っておいでと言われているみたいで、目頭が熱くなった。

「あっ、そうそう。職員棟に花屋敷さんきたって。それで伊織のこと呼びにきたんだ」

「ちょっと、それ早く言ってよ！　待たせちゃってるじゃん」

陽菜の胸からがばりと顔を上げる。しんみりしていた気分が吹き飛び、慌てて着替え始めた。

「先に森院長と話があるそうだから、大丈夫だよ。ゆっくりでいいって」

そう言われても、のんびりはしていられない。階段を駆け下り、洗面台に向かって手早く身支度を整えていく。

今日、退院したばかりの恵蔵がくる予定だった。大切な話があるそうだ。

彼の意識が戻り、面会できるようになってからいろいろな話をした。伊織が、以蔵の本当の娘で、恵蔵が異母兄なのも聞いた。初めは驚いて信じられなくて、すぐには受け入れられなかった。

ついでに、乙女ゲームとかのヒロインの設定みたい。やっぱり転生してるのかな、と意識を遠くに飛ばしてしまった。まさかのお嬢様ルートが解放されてびっくりである。

おかげで、崇継以外のことに気をそらせた。母の遺産の出処もわかって安心した。

バイトではなく娘として面会した以蔵には、泣きながら「今まで名乗りでられなくてすまなかった」と何度も謝られた。これからは父娘として関係を築いていきたいと言われ、伊織も嬉しかった。母と以蔵の出会いや、どうして結婚しなかったか、伊織を認知しなかった理由も話してもらえて、知らない間に自分の中で凍えていた感情が溶けていくような、そんな温かい心地を味わった。

恵蔵の家族にも、何度か会った。優しい人たちで、伊織を温かく迎えてくれた。伊織に朗読のバイトを頼んだのは、老い先短い以蔵に実の娘と話す機会を作ってやりたかったからだそうだ。その以蔵は、今回の事件で心労が祟るどころか、逆に元気になってしまったらしい。心配で、まだまだ死ねないと言っていた。

「じゃあ、いってきます」

小走りで小舎をでると、すぐに職員棟に到着する。応接室にいるという恵蔵のもとに向かう。

「失礼します」

ノックして応接室に入ると、ちょうど森との話が終わったところだった。森は、新しいお茶だけ用意すると、部屋からでていった。

向かいに座った恵蔵のソファには、いくつか封筒が重なっている。しばらく他愛もない雑談をして、話を切りだした。

「あの、大切なお話ってなんですか?」

「ああ……それなんだが」

お茶を置いた恵蔵が、少し言いよどみ姿勢を正す。

「君と父の養子縁組のことに関してなんだ」

その話は以前から何回かにわけて話し合ってきた。井ノ上の起こした事件のせいで、花屋敷家の親類に伊織の存在が知られてしまったので、悪意ある攻撃から守るために、認知か養子縁組をさせてほしいとのことだった。

伊織を今まで認知してこなかったのは、花屋敷家の相続問題などに巻き込みたくなかったからだという。骨肉の争いにはなっていないが、やはり額が大きすぎるので、それなりに揉めるらしい。そこに隠し子が現れれば、余計な争いが生じる。

どんなに伊織が遺産に興味がなく、私生児のままでいいと言い張っても、邪推する人間はいる。後々、認知の要求をして遺産相続を狙うのではとか、以蔵が生きている間にお金をせびりにくるのではとかだ。それが面白くなくて、認知なり養子縁組をされる前に伊織を排除してしまおうとか、井ノ上のように逆恨みで攻撃してくる可能性も考えられた。

そのため、現在伊織には護衛がついている。きっと養子縁組をしても、この状態なのだろう。

そんなわけで、伊織の身を守るために養子縁組をして正式に花屋敷家に迎えたいという。私生児のまま攻撃されると、法律の壁に阻まれ守れないことがあるからだ。

なんだか面倒くさそうだなと思ったが、自分で身を守れる自信などなかったので養子縁組は了承した。井ノ上に殺されかけた事実もあるので、あり得ないと笑い飛ばせなかった。

恵蔵は必要書類が揃ったら、養子縁組の手続きをしようと言っていた。それになにか問題でも発生したのだろうか。彼の顔はどこか浮かない。

「実は、養子縁組の前に書いてもらいたい書類があるんだ」

そう言って、彼は一通の封筒をすっとテーブルに置いた。見ろということなのだろう。

「え……これって……」

中からでてきた書類に言葉を失う。夫側の欄が埋まった離婚届だった。

「崇継君が書いてくれた。君の幸せのためにと」

頭が真っ白になる。足元に穴が開いて、そこへ吸い込まれていくような感覚に目を閉じ、口を手で押さえた。

崇継のほうから別れを突きつけてくるなんて、思ってもみなかった。

「伊織、大丈夫か！」

ガタッという音に目を開けると、恵蔵がソファから立ち上がって身を乗りだしている。

「あ……はい、大丈夫です。ちょっとびっくりして」

「すまない。そんなにショックを受けると思わなくて……顔が真っ青だ」

手が震えるので、離婚届をテーブルに置いて、背もたれに寄りかかる。少し眩暈もしていた。

「……離婚しないと駄目なんですか？」

思わずこぼれた声は震えていた。こんなに動揺するなんて、体は正直だ。崇継と離婚するのをこんなにも拒否している。

「なるべくなら、そうしてほしい。君のためにも……崇継君も納得してくれた」

恵蔵は硬い表情で、伊織が結婚したまま以蔵と養子縁組をすると、周囲からどう思われるか話してくれた。それと崇継の警察内での現在の立場についても。

やはり父親の失脚で、彼の立場は危うくなっているそうだ。これ以上の出世は見込めず、閑職に飛ばされるだろうこと。彼の部下も同じような扱いになるだろうとのことだった。

そんな彼が伊織の配偶者のままだと、悪い噂が警察内でたってしまう。あの事件が起きる前から、伊織が花屋敷以蔵の隠し子だと知っていて金目当てに近づき結婚したとか、無理やり関係を強要したのではないかとかだ。強要したなら犯罪なので、噂がたつだけでもダメージが大きい。父親に続いて不祥事になれば、もう辞職するしかないだろうと恵蔵は言う。

事実、強引な結婚だったので、なんとも言えない気分になる。

けれど恵蔵の話には、なにか違和感がある。少し落ち着いてきた伊織は、離婚届をじっと見つめて考える。

筆跡はたしかに崇継のものだ。けれど、警察内での自分の立場が悪くなるぐらいで、彼が離婚届を書くだろうか。伊織とどうしても離婚したいならわかるが、話し合いもなく勝手に決める人ではない。今まで一緒に暮らしてきて、妊娠のこととか将来のこととか、なにかにつけて崇継は責任をとりたがってきた。伊織に執着してただけだとしても、誰かに離婚届を任せるなんて無責任なことはしない。

というか、あまり他人を信用してないと思う。自分に関わる重要な書類を人任せするなんて馬鹿なのかと、冷ややかな顔で怒りそうだ。

ならこれは、恵蔵に強要されて書かされたのだろう。

たぶん花屋敷家なら警察に圧力もかけられる。警察内に親類がいるという話を、恵蔵の息子がしていた。

だが、警察をいつ辞職してもいいと思っている崇継を、仕事関係で脅すのは無理だ。ならば部下を人質にとられたのだろうか。

部下にかける情があるのかわからないけれど、ああいうタイプは懐に入れた人間にはけっこう優しい。崇継には世話焼きの面もある。青木の態度とかを見ていると、慕われているように感じた。

それに崇継はあれで警察官の仕事が好きだと思う。いつ辞めてもいいと言いながら、泊まり込みや徹夜をしているし、仕事に手を抜いているような感じはない。いい加減にやっているなら、部下もついてこないだろう。

自分の進退に部下を巻き込みたくなくて、崇継は離婚届を書くしかなかったのかもしれない。

「……そういうわけだから、離婚してくれないだろうか？」

離婚しない不利益をとうとうと語っていた恵蔵が、そう話を締めくくる。後半はほとんど聞いていなかったが、彼が嘘をついてるのはなんとなくわかった。

伊織の幸せとか、崇継も納得したとかは建前で、真実は父親の件で瑕疵がついた彼と花屋敷家が関係を持ちたくないのだ。

ひどい話だ。伊織を救ったのも護ったのも崇継なのに、こんなに不利益を被るのはおかしい。それも崇継を虐待してきた父親のせいで、警察内の立場まで弱くなるなんて許せなかった。

これでは、伊織を助けたせいで崇継が不幸になったみたいだ。

悔しさに涙が込み上げてきて、小さくしゃくり上げる。恵蔵がおろおろしながらハンカチを差しだしてくれたが、受け取る気になれない。

「伊織、これを……崇継君からの手紙だ。離婚届と一緒に渡してくれと言われたんだ」

なぜ今になってだすのだろう。伊織がここまで落ち込まなければ隠す気だったのではないか。恵蔵に対する信用度がどんどん下降する。

彼なりに異母妹を愛してくれているのはわかるが、伊織の気持ちをいまいち理解していない。

二つ折りにされた手紙を受け取る。手帳を切ったみたいだ。

『ずっと騙していて、ごめん。それと君の〝お気に入り〟になれて、私は今も幸せだ。ありがとう。　崇継』

ぽろり、と涙がこぼれる。なにかを想うより先に泣きだしていた。胸の痛さや苦しさが、あとから追いかけてくる。

彼がいつどこで、このことを知ったのかわからない。けれど、たったこれだけの文で伊織のすべてを許していると伝わってきた。好きや愛してるの言葉より嬉しくて、今一番ほしい言葉だった。

手紙を胸に抱いて泣きじゃくる。崇継に会いたい。離婚もしたくない。でも、どうすればいいのだろう。

恵蔵の言う、結婚を続ける不利益もわかる。崇継がかまわないと言っても、伊織は納得できなかった。彼になにか返したい。崇継が伊織を全力で守ってくれたように、守ってあげたい。

「伊織……すまない。どうか、受け入れてくれないだろうか」

彼にもいろいろ引けない理由があるのだろうが、非情だ。せめて崇継をかばう提案でもしてくれたら、素直に離婚届にサインをしてあげたのに。

伊織は涙を袖でぐっと拭うと、挑むように恵蔵を睨んだ。

「……なら、条件があります。それを受け入れてくれるなら、離婚して養子縁組をします。でも受け入れないなら、離婚も養子縁組もなしです」

「それは……内容による」

「なら、離婚も養子縁組もなしです。なにも聞かずに了承してくれないなら、このお話はなかったことにしてください。もう、あなたたちにも会いません」

そうはっきりと言ってのけると、恵蔵の顔色が変わった。

伊織みたいな、なんの力もない人間を切り捨てたところで、彼なら痛くもかゆくもないはずだ。それなのに、こうして便宜を図ろうと必死になってくれる。家族として、受け入れたいと思ってくれているのは本心からなのだろう。

少しだけ良心が痛んだが、こちらも引けない。泣きはらした目でじっと見つめていると、とうとう恵蔵が折れた。

「わかった。条件をのもう」

恵蔵が肩を落として息を吐く。

だが、口約束だけではまだ安心できない。あとでなかったことにされる。そういうトラブルを、施設職員と毒親たちの間でたくさん見てきた。

「ありがとうございます。それじゃあ、森院長をここに呼んで証人になってもらいますね」

にっこり微笑み、伊織はソファを立ち上がる。こういう案件にとにかく強い、ＳＳＲ級の森を召喚することにしたのだった。

11

崇継はマンションの玄関をくぐり、コンシェルジュになにか届いてないか聞く。なにもないと返ってくる。

先週、離婚届を提出し、伊織と養子縁組も成立したと恵蔵から連絡があった。なぜわざわざ連絡してきたのかわからないが、とても忌々しそうな声だった。彼にとって嬉しい結果なはずなのに、この上もなく納得いってない様子だったのが謎だ。

離婚が成立して気落ちしているのはこちらのほうだというのに。

だが、嫌いな人間が苦しんでいるのは気分がいい。ざまあみろ、もっと苦しめと心の中で毒づいておいた。

結局、なにが気に入らないのかは教えてもらえなかった。その代わり、後日こちらに重要書類が届くので丁重に扱えと言われ通話を切られた。

いったい、なんなのだろう。ポストにも、それっぽいものは届いていなかった。

「なんなんだ重要書類とは？　花屋敷とやり取りする用はないはずだ」

面倒な案件でも押しつけてくる気だろうか。そういった報告は青木からはない。前に比べて、警察内で動きにくくなったせいで、集まってこない情報があるのだろう。

最近の職場での居心地の悪さを思い出す。どこから漏れたのか、離婚したことも知れ渡り、わざわざ揶揄しにくる者もいる。なぜ、まだ結婚指輪をしているのか。未練たらたらなんだなとか、好き放題言われている。

あとは、やっぱり事件がらみの結婚だったのではと探りを入れてくる者たちだが、すべて適当にあしらっていた。

面倒なので辞めてしまいたいところだが、逃げたようで癪《しゃく》に触る。そのうち収まるだろうから放っておけばいい。

そんなことより、伊織に会えない状態が続いているほうがつらい。離婚届を書いてからは、彼女にメッセージを送信するのもやめた。一旦、引くと決めたのだ。向こうが動くまで大人しくしていないと意味がない。

我慢だ。と念じながら、エレベーターに乗りスマートフォンを取りだし、GPS追跡アプリを立ち上げる。伊織に逃げられてから、ほぼ日課となっている定期チェックだ。

GPS追跡アプリの存在を忘れているのか、今もまだ伊織の位置情報を取得できる。アプリを削除しないということは、行動を監視する許可を崇継に与えていると勝手に解釈している。なので心置きなく位置を確認して、会えない心の寂しさを埋めていた。

「はぁ……盗聴盗撮アプリも入れておくんだった」

なぜ、似合わぬ遠慮などしてしまったのか。伊織に嫌われたくないという自制心のせいだ。嫌われないように説得するか、絶対にバレないよう立ち回ればいいだけのことだったのに、それを思いつかないぐらい恋で盲目になっていた。

長い溜め息をつき、視線を手元に落とす。やっと位置情報を取得した。

「ん？　どういうことだ？」

現在位置を見て、目を見開く。間違いだとしか思えなくて、地図を拡大したり縮小したりして、もう一度よく確認する。

「やっぱり……ここだ」

地図上の伊織を示すマークは、このマンションの上にとどまっている。だが、どの階の部屋かまではわからない。

慌てて、伊織がいなくなってから通知を切ってしまったネットワークカメラのアプリを立ち上げる。昼頃に誰かがきた記録動画があった。再生する。

「伊織だ。そういえばカードキーを渡したままだったな」

いつかカードキーの返却を理由に、直接会いたいと誘いだす計画もあった。まさか、のこのこやってくるとは思ってもいなかった。

「本当に、思い通りに動いてくれないな」

このあとの動画記録はない。そのまま崇継の部屋からでていないということだ。

口元が自然とほころんで、視界が少しだけ潤んだ。なんのためにきたのか、まだわからない。崇継にとって悪い知らせかもしれないけれど、会えるだけでも泣きたくなるほど嬉しかった。

崇継の部屋の階につくと、エレベーターを走りでた。カードキーの開錠音ももどかしく、乱暴にドアを開けて中に入った。

「はっ？　なんだこれは？」

最初に目に飛び込んできた光景に、言葉を失う。いきなり出鼻をくじかれた。

鉄格子は生活に不便なので、伊織がいなくなってすぐに撤去した。その位置に、天井から垂れ幕のように模造紙がべろんと下がっている。そこにこう書かれていた。

「結婚しないとでられない部屋……意味がわからん」

呆然と垂れ幕を見つめていると、ぱたぱたとスリッパで駆けてくる音がした。

「お帰りなさい！　外に出たければ私と結婚してください！」

胸の前に婚姻届を掲げた伊織が、満面の笑みで目の前に現れた。ライトグレーのリボンシャツワンピース姿な彼女は、清々しいほど元気で愛らしかった。

こっちは会えなくて憔悴していたというのに、憎たらしくなってくる。しかも、崇継が喜ばすにいられないような台詞つきでやってくるなんて、監禁してくれと言っているようなものだ。

思わず、ふふっと薄暗い笑みがこぼれる。伊織がびくっと跳ねて、笑顔の唇をこわばらせた。

「まず、どういうことか説明してくれ。この垂れ幕はなんだ？」

「えっとですね……これは創作の一つのジャンルでして。書いてある内容の条件を満たさないとでられない部屋に閉じ込められるというシチュエーションです」

「でられるが？　もし、なんらかの理由でドアが開かなくなっても、コンシェルジュに連絡すれば対応してくれる」

「そういうことじゃないです！　ロマンがない！」

背後のドアを指さし顔をしかめると、伊織がむうっと唇を尖らせて怒りだした。

「物理で崇継さんを監禁できないので、概念で閉じ込めるんです！　屁理屈《へりくつ》言わないで付き合ってください！　渾身《こんしん》のプロポーズなのに！」

今すぐ服を剝がれたいのだろうか、この可愛い生き物は。

「プロポーズなのか……斬新だな」

なぜこうしようと思ったのか理解しがたいが、創作ネタにからめて結婚の申し込みをしてくれた一生懸命さは伝わってきた。

本当に予測がつかなくて、笑いだしたくなるのをこらえる。手で、震える口元を隠した。

「だが、私たちは離婚したばかりで、女性の君は半年たたないと再婚できない。今、それを書いても結婚はできないぞ」

嘘だ。民法が改正され、半年から百日に変わった。そして同じ相手と再婚する場合なら、この再婚禁止期間は適用されない。すぐにでも再婚できるのだが、やはり伊織は知らなかったようだ。

「だから、そういうとこ！　どうしてノリが悪いんですか。つまんない」

ぷんぷんという擬音語が聞こえてきそうな怒り方をする伊織に、早くキスしたくてたまらなくなる。

「わかった。要するに、半年この部屋に君を監禁していいということだな」

流し目で問うと、伊織は変な悲鳴を上げて青くなる。可愛い。

騙したまま半年監禁するか、即再婚するか悩むところだ。

「ちがっ、そういう意味では……」

怯える伊織の口を、キスでふさいだ。もう限界だ。そちらから飛び込んできたのだから、絶対に逃がしてやらない。どんなに嫌がられても、二度と手放すことなどない。

細い顎をつかまえて、何度も唇を重ねる。ほころんだ隙間に舌を差し入れてキスが深くなる頃には、伊織のほうから体をすり寄せてきた。

「伊織、好きだ……愛してる」

久しぶりのキスでふにゃふにゃになった伊織の手から、婚姻届が滑り落ちる。その体を抱き上げ、崇継は靴を脱ぎ捨てると玄関を上がった。

「……崇継さん、私も好きです」

首に抱きついてきた伊織から、舌足らずな告白をされる。寝室に向かう足取りが自然と早くなった。

やや乱暴にベッドに下ろされ、崇継が覆いかぶさってくる。伊織の小さな悲鳴はすぐさま口づけにのみ込まれ、舌のからまり合う濡れた音が響く。

「んっ……んんっ、はぁ……ッ」

ぬちゅぬちゅ、と崇継の舌に口腔をまさぐられる。舌裏やその根本を、ざらざらとした舌先でこすられると背筋がぞくぞくした。

貪るようなキスに、飲み込めなかった唾液が唇の端からこぼれた。上手く息継ぎもできなくて、眩暈がする。深く浅くと出入りする舌に、先の行為を連想して体が熱くむずがゆくなる。

脚をこすり合わせる。もう、蜜口がびくびくと震えているのがわかった。下腹部がいやらしく疼いて、蜜がしたたる。

それを察したように、崇継の手がスカートの裾を乱暴にまくり上げた。

「はぁ、んっ……やぁ……！」

入ってきた手が、太腿を摑むようにまさぐってくる。もう片方の手は、服の上から乳房を揉みしだく。少し痛いぐらいの愛撫なのに気持ちよくて、触られていないのにショーツはもう濡れていた。

「邪魔だな」

胸を揉みくちゃにしていた崇継が舌打ちして、胸元に手をかけ力任せに引っぱった。思わず悲鳴を上げると、細かいボタンが弾け飛びブラジャーが露になる。それも引きずり下ろされ、体の割りに大きな乳房がこぼれ落ちた。

「あっ、やめ……ひゃあぁン！」

崇継がたわむ胸に顔を埋め、柔い肉に噛みつく。まるで襲われているみたいだった。

スカートの中の手は、乱暴に脚の隙間に分け入るとショーツをずらし、まだ慣らしていない蜜口に指を突っ込んできた。

「やあぁッ！　らめっ、まだぁ……だめぇ……ひぁッ！」

濡れていても狭いそこに、指が強引に二本も侵入してくる。久しぶりなせいもあって、伊織の体もまだ硬い。けれど痛みよりも快感のほうが強くて、中をえぐられかき回れるたびに蜜があふれて、入り口がくぷくぷという。

「ふっあぁ、あんっ……！　やぁ、やめて……ぇッ！」

「こんなに濡れて、嫌もやめてもないだろう。中がすごいうねって、指を離さないじゃないか」

崇継が乳首を口の中で転がしながら話す。その刺激にも体がびくんっと跳ねて、中の指を締め付ける。

「やんっ、あぁッ……言わないで、ひゃあぁンっ！」

指の抜き差しが速くなり、さらに本数を増やされる。押し広げるように何度も執拗にこすられたせいで、蜜口がじんじんする。脱がせてもらえないショーツはもうぐしょぐしょで、あふれた蜜がワンピースやシーツも濡らす。

乱暴なのに気持ちよくて、頭がぼうっとしてくる。指で蹂躙されている膣はびくびくと痙攣しっぱなしで、もうすぐ達してしまいそうだ。

「あぁぁっんッ！　だめぇ、もういっちゃう……ッ！」

熱が高まって弾けそうなところで、中を犯していた指が抜ける。

「……あぁ、やぁっ。崇継さ、ん……！」

無理やり広げられた蜜口が、不満そうにくぷりっと音をさせる。乳房に顔を埋めていた崇継が体を起し、伊織の脚を抱え上げる。ひくつく入り口に硬いものがぐりっと押しつけられた。

「悪い。もう我慢できない」

そう言い終わる前に、硬くて太いものを荒々しく突き入れられた。まだ広がりきってない隘路をこすり上げられ、目の前が真っ白になる。

「いっ、あぁぁ……ッ！　あぁっ、あぁッ……らめぇッ！」

奥にずんっと重くめり込む衝撃があったあと、びくんっと腰が震えて達した。激しく内壁が痙攣する。それが落ち着くのを待たずに、崇継が動きだす。

「いやぁっ、まって……まだっ、中がびくびくするから、ひゃぁあッ！　あぁぁンッ！」

刺激が強すぎて、意識が飛びそうになる。すぐに体を揺さぶられ、快感でこちらに引き戻される。

「あっ、あっ……！　あんっ……あぁ、いやぁッ」

痛いほど腰を掴まれ、がんがんと荒っぽく犯される。服も下着もつけたままで、これではレイプだ。なのに今までで一番気持ちがよくて、頭がおかしくなりそうだった。

こちらを見下ろす崇継の悩ましげな表情も色っぽくて、それにも感じてしまう。こんなに強く求められているのかと思うと、好きなだけひどくしてほしくなる。

「アアァっ……あぁ、崇継さん、もっとしてぇ……ッ！」

「くっ……伊織ッ。そういうことを言うな」

手を伸ばすと、すがるようにかき抱かれ、抽挿がさらに荒々しくなった。ずんずん、と奥で響くような抽挿に、また絶頂がやってくる。

「はぁんっ、もっ、だめ……きちゃうッ、あぁんっ！」

耳元で崇継が息をのむ音が聞こえた。最奥を攻める突き上げが重くなり、ぐぐっとさらにその先をえぐられる。腰を押し込んだまま、崇継が体をよじる。

「うっ、んぁ……！　あっぁあぁ……アァッ！」

二度目の絶頂にのみ込まれる。ほぼ同時に崇継の熱も中で弾けた。どくどく、と脈打つように彼のものがそそがれる。その快感に恍惚となり、体から力が抜けた。

崇継も、伊織に重なったまま荒い息をついている。少しして落ち着いたのか、ゆっくりと上半身を起こした。

「……伊織、ごめん。どこか痛くないか？」

返事の代わりにゆるゆると首を振るが、崇継の眉間の皺は深いままだ。

「ここまでする気はなかったんだが、止まらなかった。嬉しくて……君が自ら戻ってきてくれて、プロポーズされて舞い上がってしまった」

服は弁償すると言う崇継は、どこか恥ずかしそうな初めて見る表情をしていた。それが可愛くて、伊織の頬が熱くなってくる。

「あ、あの……気持ちよかったので、大丈夫です。激しくされて、感じてしまいました」

素直に感想を伝えると、崇継は眼鏡を押し上げながら顔をそらした。その頬が少し赤くなっている。

「どうしてそう……ああ、もう。とりあえず、シャワーを浴びよう」

「……起き上がれません」

ベッドに手をつくが、肘がぐにゃっとして力が入らない。それにまだ繋がったままだった。崇継はなぜか渋い表情で腰を引くと、無言で伊織を抱き上げてバスルームに向かった。

洗面台の前に下ろされた伊織の姿はひどいものだった。髪はぐちゃぐちゃで、ボタンが飛んだワンピースはいろいろな液体で汚れていた。のぞく肌には赤い痕が転々としていて、襲われたあとといった風情だ。

先に脱いだ崇継に服を脱がされ、シャワーブースに連れていかれた。まだ腰に力の入らない伊織は、支えてもらいながら体を洗う。もちろん洗うだけで終わらなかった。

「ひぁっ、崇継さん……だめっ」

「どうして?」

「うっ、だって……また汚れちゃうから、いやぁッ。あぁんっ」

体の汚れをさっと落としたあとも、崇継の手は止まらなかった。そもそも、洗っている最中から悪戯を仕掛けてきて、伊織を翻弄していた。

ちゅ、ちゅっと口づけながら、崇継は伊織の体をまさぐる。腰を撫でていた手は脚の付け根をたどり、肉襞に指を差し入れた。

せっかく洗ったのに、水ではない液体で濡れ始めたそこを指先でかき乱す。くちゅくちゅ、と卑猥な音がシャワーブースに反響する。

「伊織、好きだ。まだいいだろう？」

敏感な襞と肉芽をいじられながら、甘く耳元でお願いされては断れない。快楽に弱い伊織は、崇継にすがりついて頷いた。

「あぁんっ……はぁっ、あぁぁッ。そこ、いい……ッ」

さっきは、あまり愛撫してもらえなかった肉芽をぐりぐりと指先で嬲られる。にじんでくる蜜を塗り込むようにこねられ、つままれる。ひくんっ、と肉芽が震えて、下腹部にまた熱が溜まってきた。

「あっ、あっ、もっとしてください」

気持ちよくて、崇継の首に腕を回して体をすり寄せる。それに応えるように、両手でもって濡れそぼった襞と肉芽を甘く荒らされていく。

襞の間を行ったり来たりしていた指が、蜜口にずぶずぶと入ってきた。もう一方の手は肉芽をこね回す。その動きに合わせるように、指が蜜口を広げながら出入りする。ぬちゃぬちゃという音につられ、伊織も腰を揺らし始めた。

「はぁんっ、あぁ、いやぁん……そこじゃない、です」

気持ちのいい場所に当てようと動くと、崇継がわざとよけるように指を引っ込める。何度もされて、快感をそらされたせいで体がじれてくる。

「やぁっ、いじわる、しないで……ぇ、あぁッ」

「君が可愛いのが悪い。虐めたくなる」

ひどい言いがかりだ。けれど言い返すのは無理で、もう意味のない喘ぎ声しかでてこない。

「あんっ、あぅっ……ひゃぁ、あぁ！　もっ、らめッ……！」

根元まで入った指が、奥をぐっとえぐる。弱い箇所だ。それと一緒に、肉芽を強く押しつぶされて蜜口がきゅうっと締まった。

「ひぁ、んっ！　あぁあ、ああ……ぁうッ！」

びく、びくんっと腰が跳ねて蜜口が痙攣する。収縮する中が指をきつくしめつけて、その形を味わうようにうねって達した。

「あ……あぁ……ッ」

余韻で体が小さく震える。ずるんっと抜けた長い指に、甘い息が漏れた。崇継はそんな伊織の頭や背中を撫でながら、ご機嫌で口づけを降らす。

「ベッドに戻ろう」

甘ったるい声に、伊織はぼうっとしたまま頷きかけて止まる。

「待って、私もします」

崇継の胸を押して見上げると、怪訝な顔をされてしまった。

いつも気持ちよくされるばっかりで、崇継に翻弄され、最後は疲れて寝てしまうことが多い。それが少し不満だった。伊織も彼になにかしたいと思っているのだ。

でも今日は、まだ体力がある。最初が性急で、ねっとり攻められなかったぶん意識も飛んでいない。

「駄目ですか？」

下からじっと見つめ首を傾げる。崇継はなぜか、うっと言葉につまって視線をそらしたが折れてくれた。

「……わかった」

「じゃあ、そのままじっとしててください」

床に膝をつく。ちょうど崇継のものが目の前にくる。すでに硬く立ち上がっているのを見て、嬉しくなった。彼もちゃんと感じてくれている。

そっと手を添え、つい、まじまじと見てしまう。こんなに近くで見たのは初めてだ。

「うわぁ……こんな形をしてるんですね。手触りもこんなふうなんだ」

「まさか、また解像度を上げようと考えてるのか？」

上からひんやりとした声が降ってきた。

「ひぇっ！　べ、別にそれだけじゃ……違います！」

少しはそれも考えた。あと好奇心もあるけれど、メインは崇継を気持ちよくしたいだ。

気が変わった崇継に禁止される前に、伊織はぱくんっと先端に食いついた。歯を立てないように、舌先でなめてみる。先の割れ目に舌を押しつけ、ちろちろと動かしたり、吸い上げてみたりする。

頭上で、崇継が息をのむ音が聞こえた。感じてくれているみたいだ。

楽しくなって、大きく口を開いて受け入れようとした。けれど、先のほうしか口の中に入らない。それ以上は苦しくて、涙目になる。もっと奥にと頑張ろうとすると、歯が当たってしまう。

「ふっ……ふぁ、はぁ……奥に入んないです」

息苦しくなって口を離す。ちょっと咥《くわ》えただけなのに、顎が痛い。喉奥まで突っ込んだら、顎が外れるのではないかと思った。

もしかして、難易度が高いのだろうか。やってみるまで、わからなかった。おかげで解像度が上がってしまった。

「君は顎も口も小さいからな。あまり無理をしないほうがいい」

するり、と髪を撫でた手が、頬を下りてくる。優しくされて嬉しいのに、ちょっと悔しい。

「まだ、頑張ります。見ててください！」

エロマンガと小説で読んだ知識なら豊富なので、なんとかなるはず。

崇継はやめなさいと言ってきたが無視して、手にした陰茎の裏筋に舌を這わせる。奥まで咥えるのが無理なら、たくさん舐めればいい。アイスキャンディーを舐めるみたいに、崇継のものに唾液をからめながら手と舌を使って愛撫していく。

そのうち先端から先走りの透明な汁が、唾液に混じる。くちゅくちゅという音がだんだん大きくなり、伊織もなぜだか体が熱くなってきた。下腹部がきゅうっと甘く切なくなって、濡れてくる。

思わず、ひくつく肉芽に指を忍ばせた。崇継の先端を咥えぬぷぬぷと出し入れしながら、自分の肉芽と襞を指でかき回す。

変な高揚感に息が上がる。崇継の息も荒い。

「はあ……んっ、んくっ……崇継さんも、気持ちいい？」

そう言って見上げると、崇継が欲に濡れた目を細めた。眼鏡がないその表情に、自慰で乱れた肉襞がひくつく。

「もう、いい。放しなさいっ」

「やっ……嫌です」

崇継の手が伸びて、頭を押し戻そうとする。それに逆らって、怒張した雄に食いつく。苦みの混じってきた汁を、ちゅうっと吸い上げ、陰茎を手でしごき上げた。

びくっ、と筋と血管が動いた感じがした。

「伊織っ、放せ……くっ！」

崇継のあせった声が降ってきて、口の中に苦みが広がったかと思ったら、強引に頭を掴まれ引かれる。ずるっと口から崇継のものが抜けて、その先から白いものが飛び散って、顔や胸を汚した。

「ふぁ……すごい。こうなるんだ」

エロマンガみたいだな、と淫らな熱でぼうっとする頭で感動する。ついでに乳房の上に飛んだそれを指先にからめ、口に入れてみた。

「うがぁっ……苦いっ！　美味しくない！」

「当たり前だ！　口をすすぎなさい！」

涙目で舌をだすと、脇に手を差し入れられて立たされる。そのまま頭からシャワーを浴びせられ、口の中と体についた精液を綺麗に洗われてしまった。

「あー……もうちょっと、よく観察したかったのに」

「しなくていいっ。なにを考えてる？」

「色とか粘度とか、どんな感じかしっかり確認しようと……」

「解像度を上げるのは禁止だ」

底冷えするような声に震える。けれど、そう簡単に引き下がるつもりはない。

「そんなっ！　今度は頑張って、飲みます！」

「飲むな！」

なぜかこのあと、体を拭いてもらいながら延々と怒られ、煽ったぶんだけ付き合いなさいと恐ろしい笑顔つきで宣告された。

そしてベッドに引きずり込まれてすぐ、もう復活した崇継のものに貫かれていた。

「あっ、はぁんっ……ひどいっ、やあぁッ……！」

逃げようとしたら、後ろから挿入され背中を押さえつけられ、脚も挟まれているので自分では動けない。いわゆる寝バックというやつだ。そのまま崇継のいいように抽挿され、奥の子宮口まで暴かれる。

「やあぁ、ああぁッ……！」

弾けるように快感が散る。子宮口をえぐられ、あっという間に達した。崇継はそのまま抜かずに腰を揺する。ぐっぐっ、と押し込まれたまま小刻みに動かれると、達したばかりの中がひくひくと激しく痙攣して、いきっぱなしになる。

「らめっ、それ……あぁッ、とまんないの……ッ」

こうなると、崇継になにをされても感じて達してしまう。後ろからうなじに噛みつかれただけで、びくびくっと体に快感が走る。気持ちよすぎておかしくなりそうで、早く終わってと思う。

けれど、二回達した崇継は逆に余裕があるようで、長く楽しむように、愛撫も抽挿もねっとりとしてくる。

「いやぁん、アァ……ッ、も、むりぃ……ッ」

ゆるゆると突かれながら、敏感になりすぎた体を執拗にまさぐられ、嬲られる。何度もやってくる絶頂感に、意識がふわふわしてきた。

「伊織、可愛い。もっと、気持ちよくなりなさい」

後ろから、耳元で優しく囁かれる。体がとろとろに蕩けてしまいそうなほど、気持ちがいい。けれど苦しくて、涙でぐちゃぐちゃになりながら、「もう、やめてと」と何度目になるかわからないお願いをした。

そしてやっと解放されたのがいつなのか、気を失ってしまった伊織にはわからなかった。


昨日、崇継が帰宅する前に、ポトフをたくさん仕込んでおいた自分を誉めてあげたい。

体はへろへろで、空腹すぎて目が覚めた伊織は少しだけ怒っていた。ダイニングの席で、崇継の膝に乗せられてポトフをつつきながら、ひどい目にあったと息をつく。

「それで、なぜあんなプロポーズを？」

悪びれた様子のない崇継が、自力で椅子にも座れなくなった伊織の体を支え、顔をのぞき込んでくる。

「そんなの、意表をついた隙に婚姻届にサインさせるためですよ！」

握り拳で崇継を見返すと、憐みの目を向けられた。失礼である。

あれは、伊織なりにどうやったら再婚に承諾してもらえるか、懸命に考えた結果だ。離婚届と一緒にもらった手紙のおかげで、たぶん嫌われてはいないと思ったけれど不安だった。再婚の申し込みについて詳しく話したら、断られる可能性だってある。

だから、否と言われる前にサインをさせてしまおうという作戦だ。崇継だって、伊織を脅して婚姻届にサインさせたのだからお互い様だろうと、そう思ったのだとプロポーズの理由を語ってあげた。

「というわけで、最初のインパクトが大事だなということで、攻めてみました」

「わからないが……わかったとしよう。それで、再婚の詳しい話だが」

「ひどい。わかってないじゃないですか」

ぶつぶつ文句を続けるが、崇継は無視を決め込んだようで、隣の椅子に置かれていた書類袋を手にした。

「これはなんだ？　結婚に必要な書類ではないと思うのだが？」

「勝手に私のバッグを漁りましたね」

「養子縁組の書類もあるが？　これは君のものではないな」

完全に無視されて話を進められる。むっとしたが、見上げた崇継の目が不安そうに揺れていたので首を傾げた。

「恵蔵さんになにか条件をだされたのか？　あれが、私と君が結婚するのを許すとは思えない。なにか無理を言われたとかか？」

「違います。無理を言ったのは私です！」

慌てて否定する。崇継は、伊織を心配してくれていたらしい。なんだか、むずかゆくて頬が熱くなってきた。

「君が無理を……そうか、だからあの電話だったのか」

崇継が顎に手を当て、ぶつぶつ言いだす。しばらくして、こちらに向き直ると先をうながされた。

「恵蔵さんに離婚するよう言われて、ショックだったんです。泣いてしまって……」

それから、彼と話したことを憶えているかぎり崇継に語った。離婚して養子縁組するなら条件を叶えてほしい、できないならこの話はなしだと交渉したことも。

「なんで、そんなことを？」

「だって、ひどいじゃないですか。私は崇継さんに救出してもらって命も助かったのに、その結果で離婚してもしなくても警察内での立場が悪くなるなんて、おかしいと思います。恵蔵さんよりも誰よりも、私を助けてくれたのは崇継さんです」

思い出したらまた腹が立ってきた。

「崇継さんが得するなにかがないと駄目なんですよ！」

力強くそう宣言すると、なぜか崇継が戸惑ったように瞬きする。

「その得のために、なにを犠牲にした？」

「え？　なんにも犠牲にしてませんよ」

まだ心配していたようだ。

「条件は、崇継さんを私との再婚で婿養子にすることです！　これで花屋敷家の後ろ盾ができます！　なんと、官房長さんが親類だそうです！　これで崇継さんの警察内での立場はバッチリですね！」

「はっ……なんだって……？」

予想外だったのか、崇継がすごい形相でかたまった。その隙に、話を進める。

「しかも、これ口約束じゃありません。話し合いの場に、森院長に立ち会ってもらいました」

森は、そういうことなら文書に残したほうがいいわと、乗り気でない恵蔵を上手いこと説得し、公正役場まで連れていった。そこで、今回の条件を記した公正証書を作らせた。破ったら、伊織との養子縁組は解消される。

「森院長か……彼女は、あれでしっかりしているからな。間に入ってもらったのはいい判断だ」

「はい。恵蔵さんが私の意に沿わないことをしてきたら、いつでも相談に乗ってくれるそうです。あ、それと父の以蔵さんは、崇継さんの婿入りに賛成してくれました」

恵蔵は「あの性格はどうなんだ」と崇継の婿入り再婚に渋っていたが、話を聞いた以蔵は「今時では珍しい骨のある青年じゃないか。昔のことは水に流そう」と言っていた。崇継についていろいろ調べていたらしい。伊織を守るには最適な男だとも評価している。

「……そうか。以蔵さんは、そう評価してくれたのか。ありがたいな」

花屋敷家は昔からの富豪だが、先代はぼんくらで危うく家を潰しかけたという。それを救ったのが息子の以蔵だったと、古くから仕えているという彼の秘書に聞いた。そのせいなのか、彼は崇継みたいに目的のためなら手段を選ばない人間を好むそうだ。きっと相性がいいでしょう、と秘書は評していた。

「あの、それで……プロポーズの返事は……？」

大丈夫だとわかっていても、はっきり答えをもらわないとやっぱり心配だった。じっと見つめて待っていると、崇継がふわりと相好を崩して言った。

「半年監禁後に結婚しよう」

素の柔らかい笑顔に見合わない不穏な返事だったけれど、崇継らしい。伊織は弾んだ声で「はい！」と返して、彼の胸に飛び込んだ。

それから一週間ほど監禁されてしまったのだが、陽菜から「同じ相手と再婚するなら、すぐできるらしいよ?」とメッセージが届いて、崇継の嘘が発覚した。「もうバレたか」と舌打ちする彼に激怒した伊織だったけれど、謝罪され「伊織が可愛いから外にだしたくなかった」と甘えられているうちに絆され、気づいたらベッドの上に転がされていた。

結局、婿養子としてすぐに再婚し、結婚式は準備があるので来年にしようということになった。

挙式は、不当に売られる危機から逃れたメリアーナ教会でおこなわれる。

エピローグ

主祭壇の前で花嫁を待っている。今回は偽装ではない本当の結婚だ。

黒いタキシードは、以前フォトウエディングで着たものだった。伊織が、同じものを着て挙式をしたいと言ったからだ。

せっかくなので、君の気に入るデザインにしたらと提案したが、たくさん種類があって選ぶのが大変だし、自分に似合うのが見つかるまで試着するのが面倒だと溜め息をついていた。こういうことに頓着しない伊織らしい返事だ。

会場に選ばれたメリアーナ教会の外壁は煉瓦造りで、中は天井の太い梁《はり》もあらわなゴシック様式だ。尖塔アーチの窓がいくつもあり、幾何学模様のステンドグラスがはまっている。

そこから差し込む色とりどりの光が踊るヴァージンロードの両脇には、木製の細長いベンチが並ぶ。腰かけて花嫁を待っている彼らは、ほとんどが伊織の身内だった。彼女が身内だけの小規模な式がいいと望んだからだ。

森と、彼女の幼馴染、施設の子供たち。それから以蔵と彼の秘書。恵蔵の妻子。異母兄の恵蔵は花嫁をエスコートする役なので、ここにはいない。

　本当は以蔵がエスコートをしたかったらしい。だが、彼は車椅子なので恵蔵が代わることになった。恵蔵はついさっきまで「君と再婚なんてさせたくなかった」と恨み言をつぶやいていた。

　以蔵は以蔵で「伊織のいい風よけになるのだから、そう言うな」と息子を諭した。ついでに「お前では伊織を守れないのだから、仕方がない」と息子にも容赦がないところは評価できる。それにしても、花嫁が準備でいないのをいいことに、崇継のいる控室で言いたい放題だった。

　伊織から、以蔵が崇継との再婚に賛成していると聞いたときから、そんなことだとは思っていた。隠し子だった伊織に対して、どうしたって親類からの目はきつくなる。それならいっそ、婿養子も迎えて悪感情を分散させればいい。ただの配偶者では遺産相続の権利はないが、婿養子は花屋敷家の養子でもあるので権利が発生する。そのぶん婿養子に悪意が集中すれば伊織のいい盾になると判断されたのは、少し考えればわかることだ。

　伊織は、崇継のために勝ち取った婿養子再婚だと思っているので、あえて教えはしない。知れば、再婚をやめると言いかねない。

　それにこの婿入りで、崇継は得るものが多い。多少、悪意にさらされるぐらい、どうということもなかった。

　むしろ、なにかしてきたら潰す。伊織に悪意を向ける愚か者は、なにもしてなくても徹底的に潰す。以蔵からも「好きにしなさい」と言質はとってある。

そして崇継側の身内として出席しているのは、なぜか青木と花房。それと、花屋敷家の親類に連なる警察庁長官官房の官房長だ。勝手に招待したのは伊織だ。崇継は、自分側に身内がいなくてもかまわないのに、伊織が気にした。

青木と花房は、再婚が決まってから伊織と仲良くなったらしい。あのウエディングフォトのときに花房と連絡先の交換をしていて、そこからの繋がりで青木とも交流を持ったという。

知らない間に仲良くなっていたのは腹立たしいが、伊織を害する相手ではないので静観している。

官房長に関しては、親戚のおじさんで夫の職場の上司になる方だから、と伊織が勝手に会いにいっていた。仲立ちしたのは以蔵だ。そしてなぜなか伊織を気に入り、あとから警察庁で面会した崇継に結婚式の招待状を要求してきた。断れるわけがない。

小者だった父に比べ、官房長はなかなか食えないタイプの爺《じじい》だ。こちらに都合よく動かすことはできないが、筋さえ通しておけば庇護もしてくれる。いい後ろ盾を得られたと思う。なにもかも伊織のおかげだ。

警察内では、花屋敷家に婿入りで再婚することが瞬く間に広まった。後ろ盾が花屋敷家と官房長になったことで、以前、離婚話で揶揄しにきた連中が謝罪とゴマすりにやってきたのは面白かった。一人ひとりに微笑み返し、言われたことは一生忘れないぞと婉曲《えんきょく》表現で伝えておいた。

「花嫁の入場です」

祭壇に上った神父が、開始の言葉を述べる。シスターがオルガンを奏で始めると扉が開いて、恵蔵に手を引かれて伊織が入ってきた。

少し緊張しているのか、体がこわばっている。転ばないように視線を下げたまま、一歩一歩ゆっくりとこちらに歩いてくる。

伊織にハタだとバレて逃げられたとき、追いかけて誘拐して、めちゃくちゃに犯して監禁してしまおうかと思った。それを思いとどまって本当によかったと、愛らしいウエディングドレス姿の彼女を見て噛みしめる。

あのとき絶望して青ざめる崇継を正気にしてくれたのは、森だった。「あなたをお気に入りにしようとしたことを後悔しているのよ」と言って、〝お気に入り〟について教えてくれた。幼い伊織が、ハタにしていたことも。そのことで罪悪感を抱き、生身の人間を相手に恋愛できなくなってしまったことも、森はすべて理解して見守っていたそうだ。

その話を聞いて、背筋がぞくぞくするような多幸感を味わった。歪んでいようと好意を向けられていたこと、そのせいで今まで恋愛できずにいたこと、すべてが崇継を喜ばせる要素でしかなかった。

おかげで、ほの暗い感情を押し殺し、伊織がこちらに堕ちてくるまで待つことができた。森には心から感謝している。

やっと崇継の前にたどりついた伊織が、こちらを見上げてベール越しに、にぱっと子供みたいに笑う。こちらも毒気を抜かれて、思わず笑ってしまった。

神父が誓いの言葉を述べ始める。

伊織は憶えているだろうか。最初の入籍をした日、あの日は二人が初めて出会った夏の夜だということを。役所の夜間受付で話したことは本当だ。

崇継にとって、ずっと記念日だった。

そして今日が、また同じ日だと気づいているだろうか。

あの夏の夜、伊織を殺さないで本当によかった。それから十四年後の同じ日に、彼女を助けだし命を救うことができた。

二度出会い、二度も手放すことになったが、もう次はないと愛を誓う。

ベールを上げると、緊張気味に頰を薄紅色に染めた伊織がぎゅっと目を閉じる。今すぐ監禁したいほど可愛い。

だが、もう監禁することはないだろう。愛しい彼女のほうから、崇継の腕の中へ囲われにきてくれたのだから。これからは、でていけないよう愛に溺れさせようと策をめぐらせ、赤く艶めく唇をそっと奪った。

あとがき

こんにちは、青砥あかです。この本を手に取っていただき、ありがとうございます。

今作は、かなり病んでいる感じのヒーローですが、実は病んでいるのはヒロインのほうです。

ヒーローの崇継は、ただ単に元の性格に難ありで、虐待されてむしろ人の痛みがわかるようになったという人です。もとからオカシイだけです。

一見明るい性格のヒロイン、伊織のほうが病んでいます。ただ、深く考えるのが面倒&心の闇には蓋をしておこうって性格なので、人生楽しくハッピーに生きてます。おかげであんまりシリアスにならないし、監禁されててもマイペースなので、暗くなりがちなはずの監禁がテーマなのに甘々ラブコメに仕上がってるかと思います。

崇継は刑事ですが、刑事物でもなく、事件は添え物扱いです。もうちょっとからめようかと思ったりもしたのですが、伊織が監禁生活に満足して動かないし、危ないことにわざわざ首を突っ込まない性格なので、謎解きもしません。崇継側に焦点を当てると、もうそれTLじゃないなってストーリーになるので、やめました。

正直、クライマックスは出だしの伊織の誘拐から救出劇のところです。なぜか、そこのシーンだけ思いついてしまって、書きたくて書きました。

まあ、それはともかく楽しんでもらえたら嬉しいです。いろいろ問題のある二人ですが、うまい具合に噛み合って幸せになれたのでハッピーエンドだと思ってます。

青砥あか

兎山もなか

【お詫び】みんなの王子様の童貞は私が美味しくいただきました。
才川夫妻の恋愛事情 9年目の愛妻家と赤ちゃん
君が何度も××するから　ふしだらなスーツと眼鏡、時々エッチな夢
才川夫妻の恋愛事情　8年目の溺愛と子作り宣言
黙って私を抱きなさい！ 年上眼鏡秘書は純情女社長を大事にしすぎている
才川夫妻の恋愛事情～7年じっくり調教されました～
イケメン兄弟から迫られていますがなんら問題ありません。
編集さん（←元カノ）に謀られまして　禁欲作家の恋と欲望
清く正しくいやらしく　まじめＯＬのビッチ宣言

鳴海澪

俺様御曹司に愛されすぎ　干物なリケジョが潤って⁉
溺愛コンチェルト　御曹司は花嫁を束縛する
赤い靴のシンデレラ　身代わり花嫁の恋

葉月クロル

成約率100%の婚活アドバイザーに“すべて”教えられてしまいました
拾った地味メガネ男子はハイスペック王子！ いきなり結婚ってマジですか？

ひらび久美

辛口な上司ですが、プライベートは極甘です。ただし、私、限定で！
フォンダンショコラ男子は甘く蕩ける
恋愛遺伝子欠乏症 特効薬は御曹司⁉

御子柴くれは

濃く、甘く熟して 復讐に燃える乙女は禁断の愛に囚われる
セレブ社長と偽装結婚　箱入り姫は甘く疼いて⁉

水城のあ

禁断の誘惑に逆らえませんでした　俺様彼氏のイケナイ教え
S系厨房男子に餌付け調教されました
露天風呂で初恋の幼なじみと再会して、求婚されちゃいました‼
あなたのシンデレラ　若社長の強引なエスコート

御堂志生

愛を待つ桜　エリート弁護士、偽りの結婚と秘密の息子
欲望の視線　冷酷な御曹司は姫の純潔を瞳で奪う
エリート弁護士は不機嫌に溺愛する～解約不可の服従契約～
償いは蜜の味　S系パイロットの淫らなおしおき
年下王子に甘い服従　Ｔｏｋｙｏ王子

連城寺のあ

私を（身も心も）捕まえたのは史上最強の悪魔Dr.でした
同級生がヘンタイDr.になっていました

〈蜜夢文庫〉好評既刊発売中！

容姿も中身も完璧な御曹司社長
私を抱いた男は
×特殊な体質を持った秘書
記憶を失くす
第14回
らぶドロップス
恋愛小説コンテスト
最優秀賞受賞作

蜜夢文庫　最新刊！

社長、それは忘れてください

生真面目秘書は秘密を抱く

上司である社長の龍悟に長年想いを寄せる秘書の涼花。彼女には『抱いた男性がその記憶を失ってしまう』という秘密があった。そのせいで心に傷を負った涼花は恋愛を諦め、龍悟の傍で働くことに喜びを感じていたが、あるきっかけから自分の不思議な体質を彼に話してしまう。「俺だったら、抱いたことを忘れるわけないと思うけどな」と豪語する龍悟に抱かれた涼花だったが……。

紺乃藍〔著〕
愛染マナ〔イラスト〕

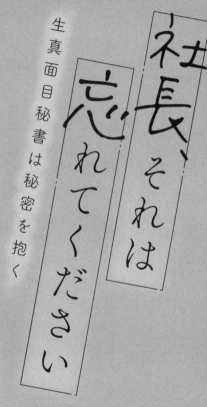

入れ替わったら、オレ様彼氏とエッチする運命でした！

涼河マコト［画］

「自分と×××すんのか！」

　ワイルドなお嬢様とオネエ系サラリーマンの中身が逆に！　月に１度のエッチは必須!?

蹴って、踏みにじって、虐げて。　イケメン上司は彼女の足に執着する

氷堂れん［画］

「君の足じゃなきゃダメなんだ」「この脚が好き、でも君はもっと好き」

　これって究極の愛？ただのヘンタイ？　ドＭで脚フェチな残念イケメン×気が強くて怒りっぽい美脚デザイナー

★著者・イラストレーターへのファンレターやプレゼントにつきまして★
著者・イラストレーターへのファンレターやプレゼントは、下記の住所にお送りください。いただいたお手紙やプレゼントは、できるだけ早く著作者にお送りしておりますが、状況によって時間が掛かる場合があります。生ものや賞味期限の短い食べ物をご送付いただきますと著者様にお届けできない場合がございますので、何卒ご理解ください。

送り先
〒160-0004　東京都新宿区四谷 3-14-1　UUR 四谷三丁目ビル２階
（株）パブリッシングリンク
蜜夢文庫 編集部
○○（著者・イラストレーターのお名前）様

監禁溺愛
エリート刑事は愛し方を間違えている
２０２２年５月３０日　初版第一刷発行

著……………………………………………………… 青砥あか
画…………………………………………………… 天路ゆうつづ
編集…………………………… 株式会社パブリッシングリンク
ブックデザイン…………………………………… しおざわりな
（ムシカゴグラフィクス）
本文ＤＴＰ…………………………………………………ＩＤＲ

発行人……………………………………………………後藤明信
発行……………………………………………… 株式会社竹書房
〒102-0075　東京都千代田区三番町８－１
三番町東急ビル６Ｆ
email：info@takeshobo.co.jp
http://www.takeshobo.co.jp
印刷・製本…………………………… 中央精版印刷株式会社